CANDY

LES PERSONNAGES ET LE THÈME DE CE ROMAN
ONT ÉTÉ CRÉÉS PAR YUMIKO IGARASHI
ET KYOKO MIZUKI
DANS UN FEUILLETON TÉLÉVISÉ
DIFFUSÉ PAR ANTENNE 2
SOUS LE TITRE :

CANDY-CANDY

© *TOEI Animation - Mizuki Igarashi*
Pictural Films - Antenne 2,
Hachette 1983.

Tous droits de traduction, de reproduction
et d'adaptation réservés pour tous pays.

Hachette 79, boulevard Saint-Germain, Paris VIe

CHAPITRE PREMIER

Candy Fleur-de-Neige

Il était une fois... Ainsi commencent toujours les contes de fées. Les belles histoires, aussi.

Candy Fleur-de-Neige, ce n'est pas un conte de fées, mais sûrement une fort belle histoire. A moins que... Lorsqu'une petite fille porte un si joli prénom, n'est-elle pas un peu fée ? Et puis, chacun sait cela, toutes les petites filles sont des fées...

Il était une fois, au cœur de la forêt, une maison de bois, au bord d'un lac. Quelque part, dans une lointaine contrée des États-Unis. Une maison où il faisait bon vivre, quand la bise hurlait dans les sapins. Une grande maison de bois qui abritait une nichée de petits orphelins. Deux bonnes fées veillaient sur les bambins. La première, Mlle Pony, malgré sa longue robe sombre, ses lunettes cerclées de fer et son chignon haut perché, n'avait jamais l'air sévère... Bien au contraire, on se sentait protégé et compris, auprès de la directrice du foyer. La seconde, sœur Maria, se vouait elle aussi au bonheur de la maisonnée. Personne ne savait mieux qu'elle conter des légendes, le soir, près de l'âtre, cuire de succulentes tartes, ou écouter les confidences de ses « petits ».

Ce jour-là, la neige, douce comme du duvet, était tombée à gros flocons serrés. Après la tempête, un pâle soleil s'acharnait à percer, accrochant mille étoiles scintillantes aux aiguilles des pins. La grande pelouse, devant la pension, était immaculée. Seules quelques mésanges, en quête d'un peu de nourriture, y dessinaient de fines arabesques, de leurs pattes légères.

Le vent pouvait hurler dans les cheminées, la neige pouvait recommencer à tomber, rien ne viendrait troubler la douce quiétude de la pension Pony.

Et pourtant...

« Tom ! Veux-tu te calmer un peu ! fit sœur Maria à l'adresse d'un bébé qui, le nez écrasé contre la vitre de la salle commune, poussait des cris aigus et sautillait comme un beau diable.

– Tu me sembles bien agité, aujourd'hui, remarqua la directrice. Qu'as-tu, mon petit Tom ? »

En guise de réponse, l'enfant continua de jeter des exclamations et sautilla de plus belle. Quand on a deux ans, on ne sait pas parler. Enfin, pas tout à fait comme les grandes personnes ! Alors, on essaie de se faire comprendre. A sa manière... Intriguée, sœur Maria s'approcha de la fenêtre. Cette fois, Tom hurla de joie. On l'avait enfin compris !

La religieuse ne put étouffer un cri de surprise... En un instant, Mlle Pony et les bambins l'eurent rejointe. Et la maisonnée tout entière resta bouche bée devant l'étrange découverte de Tom.

A quelques pas de la vaste demeure, au milieu de la pelouse immaculée, deux taches dorées. Deux berceaux d'osier... Posés sur l'immense tapis blanc. Comme surgis d'on ne sait où. Aux alentours, nulle trace, sinon les dessins entrelacés des mésanges affamées. Qui avait bien pu apporter ici cet étrange présent ?

Le premier moment de stupeur passé, on se précipita dans le parc.

Une toute petite fille ouvrait de grands yeux pleins de larmes. Ses pleurs, sans doute, avaient alerté Tom. Sur la

couverture rose qui recouvrait les pieds du bébé était posé un carton.

« Je n'ai plus les moyens de m'occuper de mon bébé. Je vous confie ma petite Annie », lut la directrice à voix haute.

« Chouette ! Un bébé ! » lança Jimmy, l'un des « grands » de l'orphelinat.

« Tu veux dire deux ! corrigea une fillette en s'approchant de l'autre berceau. Venez voir, vite ! »

Dans le second panier d'osier, un frais minois encadré de minuscules boucles blondes s'illumina du plus joli sourire qui se peut imaginer.

« Comme elle est mignonne ! s'exclama sœur Maria en prenant les mains glacées du bébé dans les siennes pour les réchauffer.

– Un amour de petite fille ! murmura la directrice.

– Mais... Elle n'a pas de nom ? s'étonna Jimmy.

– Non... Nous ne savons rien d'elle, fit Mlle Pony après avoir cherché, en vain, une carte comme celle qui accompagnait le premier enfant.

– Candy... Candy... chuchota Tom, penché sur le berceau, comme pour dire combien il trouvait adorable la frimousse rose qui lui souriait.

– Candy... Tom a trouvé le prénom qu'il faut à cette enfant ! déclara sœur Maria.

– Et, puisque nous l'avons découverte dans la neige, nous l'appellerons Candy Fleur-de-Neige, poursuivit la directrice. Les enfants, quelle merveille ! Aujourd'hui, un flocon a donné une fleur... Pour nous.

– On se croirait dans un conte de fées », murmura Jimmy, rêveur.

Là-dessus, les deux femmes, très émues, prirent chacune l'un des paniers d'osier. On allait rentrer ; les enfants risquaient de prendre froid. La neige se remit à tomber doucement, comme pour saluer l'arrivée des deux petites.

Dans les boucles de Candy, un flocon scintilla comme une étoile, lorsque sœur Maria déposa le berceau près de la cheminée.

Depuis, les années ont passé. Huit années de bonheur, pour les deux fillettes espiègles et enjouées à souhait. Elles sont inséparables et Tom se considère un peu comme leur grand frère. Un grand frère prêt à défendre ses cadettes, à les protéger, mais qui adore leur faire mille farces et prend un malin plaisir à les taquiner. Il faut dire que Tom n'a pas son pareil, pour jouer de bons tours ! Candy et Annie s'appliquent-elles, avec leurs camarades, à construire un magnifique bonhomme de neige qu'une véritable tornade réduit leur chef-d'œuvre à néant... Tom, lancé à toute vitesse sur la luge, n'a pas pu, comme par hasard, éviter l'endroit où s'affairaient ses amies !

Bien entendu, une véritable bataille rangée s'ensuit et le gamin reçoit une volée de boules de neige qui devrait l'inciter à ne pas recommencer. Mais Tom ne peut pas ne pas recommencer ! Tom est un incorrigible taquin ! Et il arrive même que l'on accuse le malheureux Tom de farces qu'il n'a pas commises ! Alors, il a beau protester, personne ne veut le croire... La réputation en somme...

C'est ainsi que, par un bel après-midi de printemps, sœur Maria décida d'emmener tout son petit monde au bord de l'étang. Il faisait doux, on allait vers les beaux jours. Les bourgeons des marronniers avaient peine à tenir dans leur corset de verdure, tant ils étaient gonflés. Sur les rives du lac, les premières fleurs s'épanouissaient en une profusion de couleurs éclatantes. Maman cane et ses trois petits, sagement alignés les uns derrière les autres, rentraient de leur promenade quotidienne sur l'eau tranquille.

Assis autour de la religieuse, les enfants écoutaient, attentifs, l'histoire qu'elle leur lisait. Soudain, Annie leva les yeux.

« Ça alors ! s'exclama-t-elle. Sœur Maria, regardez !
— Qu'est-ce qui se passe ?
— Là-bas... A votre gauche...
— Oh ! Qui a bien pu faire une chose pareille ? » jeta la religieuse en abandonnant son livre.

Maman cane et ses canetons, leur promenade sur le lac terminée, marchaient sur le sable de la rive... sagement alignés les uns derrière les autres ! Un beau tintamarre de coin-coin indignés salua l'arrivée de sœur Maria. Il y avait vraiment de quoi... faire de grands « Coa ! Coa ! » de protestations... Une ficelle, passée autour du cou de chacun, liait les malheureux canards les uns aux autres !

« Qui a attaché ainsi ces pauvres bêtes ? lança la religieuse. Encore un bon tour de Tom, bien entendu !
— Je n'aurais jamais eu une idée pareille, sœur Maria, protesta le garçon.
— Heureusement que nous étions là ! dit sœur Maria en délivrant maman cane et ses petits.
— Pourquoi ? Il ne fallait pas les attacher ? C'est une mauvaise action ? s'inquiéta Candy, l'air étonné.
— Bien entendu ! Ces malheureuses bêtes auraient pu

« Ça alors ! s'exclama-t-elle. Sœur Maria, regardez ! »

mourir étranglées ! J'espère que le coupable va se dénoncer !

— Sœur Maria... commença Candy d'une voix chargée de regret, je... je...

— Tu as fait une chose pareille ! Je te croyais une petite fille pleine de bon sens : je me suis trompé ! Quelle idée bizarre ! Tu mériterais une punition ! Enfin, je veux bien oublier... Pour cette fois... Mais, tout de même !

— Je vous jure que je ne voulais pas leur faire de mal ! s'écria la fillette, les yeux emplis de larmes. Au contraire... Je pensais que cela les aiderait...

— Alors, là, je ne comprends plus ! s'étonna la religieuse. Qu'est-ce que tu racontes ?

— Voyez-vous, sœur Maria, ils paraissent si fragiles, ces canetons ! J'ai pensé que s'ils venaient à perdre leur maman, sur le lac, ou dans le parc, ils seraient à la merci d'un chien, ou d'un autre animal... Ils ne sauraient pas se défendre, tout seuls ! En les attachant à leur maman, ils se trouvaient à l'abri du danger...

– Je comprends... murmura sœur Maria, émue. Candy, ne t'inquiète pas, maman cane veille sur sa couvée... Si l'un des ses petits disparaissait, elle s'en apercevrait aussitôt ! Une maman devine cela...

– Une maman... répéta Candy. Vous devez avoir raison... Il faut dire que moi, je ne sais pas ce que c'est, une maman...

– Allons, oublions tout cela ! Les enfants, tout le monde dans la salle à manger ! Je vous rejoins ! Commencez à mettre la table pour le goûter !

– On aura du chocolat chaud ? demanda une fillette aux longues boucles brunes.

– Toujours aussi gourmande, ma petite Sandra ! Rassure-toi ! Il y aura même des tartes aux fraises !

– Hum... Merci, sœur Maria. Un vrai régal ! »

Mlle Pony, alertée par ce tapage inhabituel à l'heure du conte, rejoignit la religieuse à mi-chemin et voulut savoir ce qui se passait. Tout en marchant, les deux femmes bavardèrent : l'incident amusa la directrice qui éclata de rire lorsque maman cane, comme pour goûter à sa liberté retrouvée, fit un superbe plongeon dans le lac ! Candy, son fidèle Capucin dans ses bras, avait pris l'allée qui conduisait à la maison. Capucin ? Un de ces nounours borgnes qu'adorent les petites filles ? Point du tout ! Alors, un de ces pantins de chiffon dont elles raffolent, peut-être ? Point du tout !

Capucin, l'ami de toujours, le confident, est un *vrai* raton laveur. Et sa fourrure blanche zébrée de noir est une *vraie* fourrure. Capucin, un amour de raton laveur dont le museau pointu comme celui d'un renard frémit sans cesse.

« Pauvre Candy, soupira sœur Maria, elle aurait bien besoin d'une véritable famille...

— Elle trouvera sûrement des parents adoptifs bientôt, dit la directrice. Et je me demande si nous n'aurons pas du chagrin, lorsqu'il faudra nous séparer d'elle...

— Vous savez bien que chaque fois que l'un de nos protégés nous quitte, nous sommes un peu malheureuses, fit la religieuse...

— Bien sûr... Mais Candy et Annie ne sont pas des enfants tout à fait comme les autres... Nous ne saurons jamais comment elles nous sont arrivées. Qui les a déposées, sur la pelouse...

— Un flocon... Vous l'avez dit vous-même...

— Oui... Un flocon... Dans quelques jours, nous recevrons une famille qui m'a demandé une petite fille. Des gens qui n'ont pas d'enfant. Ils seront prêts, j'en suis sûre, à accueillir Candy...

— Je ne veux pas que Candy parte ! s'écria une voix indignée. Une voix chargée de révolte et de chagrin, qui fit se retourner les deux femmes.

— Tom ! Que fais-tu là ? Pourquoi n'es-tu pas avec tes camarades ? demanda Mlle Pony.

— Je ne veux pas que Candy parte ! répéta le garçon sans répondre à la question de la demoiselle. Elle n'a pas envie de parents, vous pouvez me croire ! Elle se trouve très bien avec nous ! Et moi, qu'est-ce que je deviendrai ?

— Mais toi aussi, Tom, tu trouveras un jour une vraie famille, déclara sœur Maria.

— Ma famille, c'est la pension Pony », répondit le garçon, l'air buté.

« Candy, c'est cette adorable petite fille blonde qui m'a fait une jolie révérence, à mon arrivée ? demanda une voix de femme, dans le bureau de Mlle Pony.
— Oui... Une enfant exceptionnelle... D'une intelligence et d'une sensibilité remarquables... Volontaire, gaie, aussi...
— En effet, j'ai remarqué ses yeux pétillants de vivacité ! Et ses boucles blondes toujours en mouvement !
— Vos pensionnaires reçoivent une parfaite éducation ! Toutes mes félicitations, mademoiselle, déclara une voix masculine.
— N'exagérons rien, monsieur Brighten... Nous faisons de notre mieux, sœur Maria et moi... Ces orphelins doivent être capables d'affronter les difficultés de la vie...
— Vous les préparez à cela de façon admirable ! dit M. Brighten. Eh bien, il est temps, maintenant, de faire plus

ample connaissance avec cette petite Candy ! Je crois que mon épouse ne me contredira pas !

— Je vais la faire appeler dans quelques instants, déclara la directrice. Elle doit terminer le rangement de sa chambre, en ce moment ! »

Mlle Pony se trompait... Candy n'était pas occupée à mettre de l'ordre dans ses affaires. Pas plus que son inséparable Annie, d'ailleurs. Les deux fillettes se trouvaient dans le couloir du rez-de-chaussée, l'oreille plaquée contre la porte du bureau de la directrice.

En effet, les Brighten, dans leur rutilante voiture de sport, ne pouvaient être des visiteurs ordinaires... Ils ne ressemblaient pas aux braves gens du village qui venaient parfois à la pension, histoire de bavarder un peu ou d'apporter quelques friandises aux enfants. Et puis, Tom avait parlé aux deux amies de la conversation qu'il avait surprise... Depuis, elles veillaient.

D'un geste vif, Candy entraîna sa compagne dans l'escalier qui conduisait à l'étage des chambres. A bout de souffle, elle referma la porte de la petite pièce qu'elles occupaient et se jeta sur son lit.

« Tu es toute pâle ! remarqua son amie qui, elle aussi, respirait à grand-peine, après cette course effrénée.

— Ce n'est rien... Tu as entendu ? Ils veulent m'emmener ! Jamais ! Non, je ne partirai pas !

— Pourtant... harsarda la fillette, il me semble que tu as de la chance... Cette Mme Brighten semble si douce...

— Mais... Qu'est-ce que tu racontes ? s'étonna Candy. Tu veux que je te quitte ? Et notre serment, de ne jamais nous séparer, qu'est-ce que tu en fais ? Tu l'as oublié ?

— Non, bien sûr ! Pourtant lorsque j'ai vu cette dame,

elle m'a semblé tellement bonne que je n'ai pu m'empêcher de penser que tu serais sans doute heureuse, près d'elle...

— Ça alors ! Tu n'es pas heureuse, toi, ici ? Comment peux-tu penser que je puisse me trouver mieux, auprès de gens que je ne connais même pas !

— Une maman et un papa comme les Brighten, ce doit être merveilleux, murmura Annie. Autre chose... Tu comprends ?

— Je vois... répondit Candy, émue par le ton de son amie. Mais moi, je préfère rester ici... Je ne veux même pas y penser ! Je suis heureuse, ici ! Et tu peux me croire que les Brighten ne vont pas tarder à changer d'idée », fit-elle, au bout de quelques instants.

Laissant Annie à ses rêves, Candy quitta la chambre et s'engouffra dans l'escalier...

Des bruits de pas, sur les dalles du vestibule, puis des exclamations et des cris de stupéfaction tirèrent bientôt Annie de sa rêverie. Intriguée, elle se glissa jusqu'à la rampe de fer forgé qui longeait le palier, à l'étage.

« C'est'y' c'te vieille toupie qui veut m'adopter ? criait une voix éraillée. Laissez-moi rire ! L'est pas terrible, la môman !

— Candy ! fit Mlle Pony, enfin revenue de sa stupeur, en détaillant la fillette des pieds à la tête avec de grands yeux ébahis. Tu es devenue folle ?

— Et le papa, si je comprends bien, ce serait cet individu ? Ben, avec ça, chuis pas gâtée ! poursuivit Candy avec un rire vulgaire.

— Veux-tu te taire ! ordonna sœur Maria, rouge de colère et d'indignation. Qu'est-ce qui te prend ?

— Font une drôle de bouille, mes parents ! On doit pas

« Candy ! fit Mlle Pony. Tu es devenue folle ? »

rigoler tous les jours, chez eux ! Je sens que je vais passer du bon temps !

— Monte immédiatement dans ta chambre ! lança la directrice d'une voix autoritaire. Et va te laver !

— Me laver ! Mais rien ne presse ! Je ferai ma toilette chez mes parents, n'est-ce pas m'sieur dame ? » répondit Candy en commençant à gravir les marches de l'escalier.

Médusés, les Brighten restèrent muets de stupeur. Qu'était devenue la fillette convenable, bien élevée, et même raffinée, dont ils avaient rêvé ? Une vraie sauvageonne ! Cheveux maculés de boue, vêtements souillés de terre, quelle horreur ! Quant à son langage, il les scandalisait, tout simplement !

Avant d'entrer dans sa chambre, Candy s'arrêta quelques instants près de son amie et lui fit un clin d'œil... Les éclats de voix de Mme Brighten parvenaient jusqu'à elles.

« Mademoiselle Pony, je regrette, mais... Cette enfant ne saurait faire partie d'une famille honorable comme la nôtre ! déclarait la jeune femme d'une voix outrée. Sachez combien je suis déçue, pourtant ! Quand je pense que je lui avais préparé une chambre digne d'une petite princesse ! J'avais même acheté les plus beaux jouets de la ville !

— Mon épouse a raison, dit M. Brighten. D'ailleurs, je crois que cette entrevue a assez duré ! Je ne veux pas que Mme Brighten supporte une seconde de plus pareil spectacle !

— J'avoue que moi-même, je ne comprends pas, déclara la directrice. D'habitude, Candy est une fillette parfaite, vous l'aviez remarqué... Qu'est-ce qui a bien pu se passer dans son esprit ?

– C'est curieux, murmura sœur Maria... Je ne reconnais plus ma petite Candy...

– Nous avons eu de la chance, en un sens, que cette chipie nous ait montré son vrai visage, avant qu'il ne soit trop tard ! jeta M. Brighten.

– Son vrai visage... répéta la religieuse, songeuse. Je crois que vous vous trompez, monsieur ! J'en suis même certaine...

– Candy a dû se sentir malheureuse, pour agir ainsi, dit Mlle Pony. Très malheureuse... Et je crois savoir pourquoi elle a eu une telle conduite.

– Moi aussi », ajouta sœur Maria.

Là, Annie prit sa compagne par la main et l'entraîna dans leur chambre.

Quelques instants plus tard, Mlle Pony frappa à la porte. Au regard indulgent qu'elle lui lança, Candy comprit que la vieille demoiselle ne lui en voulait pas... Enfin, pas trop. La réputation du foyer souffrirait peut-être de sa mauvaise conduite, cela, Candy le savait, et elle se sentait prête à supporter une punition bien méritée. Mais ce n'était pas de châtiment qu'était venue parler Mlle Pony...

Les Brighten avaient décidé d'adopter Annie... Cette nouvelle fit à la malheureuse Candy bien plus de mal que toutes les punitions imaginables.

« Je t'écrirai souvent, promit Annie, que le chagrin de son amie peinait beaucoup. Et puis, je te ferai une visite, de temps en temps ! Tu sais bien que je n'oublierai pas le foyer Pony !

– Tout de même... Je ne pensais pas que nous nous séparerions, un jour.

– Tu trouveras toi aussi une vraie famille, je te le souhaite de tout mon cœur !

– Peut-être... Puisque tu ne seras plus ici... Au fond, j'accepterai peut-être d'avoir des parents adoptifs ! »

Lorsque la voiture des Brighten emporta Annie vers son nouveau destin, Candy resta longtemps à la fenêtre de leur chambre. Les chromes de la luxueuse limousine brillèrent une dernière fois sous le soleil couchant, au détour du chemin, dans un nuage de poussière. Alors, une petite patte caressa doucement le visage de Candy, pour essuyer une larme qui n'en finissait pas de mourir.

« Capucin ! jeta la fillette. Comme j'ai de la chance de t'avoir ! Quelle tête de linotte je suis ! Impardonnable ! Tu te rends compte que si j'avais dit à Annie de se rouler dans la boue, comme moi, les Brighten nous l'auraient laissée ! »

Pour toute réponse, Capucin remua son bout de nez rose. Ces problèmes le dépassaient, et il avait l'air de penser que sa vie de raton laveur avait du bon. A condition, bien entendu, qu'on ne le sépare pas de Candy ! Les ratons laveurs, pas plus que les petites filles, n'aiment qu'on les sépare de leurs amis...

CHAPITRE II

De nouveaux amis

« Nous sommes arrivés ! Regardez, sur la carte... Le Pré aux Cerfs... annonça Candy qui, depuis deux bonnes heures, ouvrait la marche de la petite colonne de randonneurs. La rivière... Le chemin, là... La clairière, à droite. C'est bien ça !

— Formidable ! jeta Tom. Mlle Pony a eu une drôle de bonne idée !

— Dommage qu'Annie nous ait quittés ! Elle aurait aimé participer à ce camp !

— Bien sûr ! dit Sandra. Allons, du courage ! Nous aurons bientôt de ses nouvelles ! On s'installe, chef ?

– Oui ! » répondit le « chef » Candy, en riant. Elle posa son sac à dos sur une grosse pierre, et Capucin sauta à terre, tout heureux de pouvoir enfin se dégourdir les pattes.

« Je meurs de fatigue ! se lamenta Jimmy. Candy est une marcheuse hors pair ! Je me demande si nous avons bien fait de la choisir comme chef du camp !

– Aide-nous, au lieu de te plaindre ! répliqua Tom.

– Moi, je meurs de faim ! lança Sandra. Ouf ! Quelle journée !

– Comme toujours, tu ne rêves que de petits fours et de bonbons ! railla Tom, toujours prêt à taquiner son amie à cause de sa gourmandise. Cette fois, il faudra t'en passer !

– Pas sûr ! répondit la fillette. Regarde ! Un foyer, fait de cailloux empilés... Quelqu'un a campé, ici, avant nous ! Il y a même des cendres.

– Tu as raison, constata Candy. Ce sera très pratique ! Pour l'instant, montons la tente ! »

La toile bleue, bien tendue, se dressa bientôt au beau milieu de la clairière, sur un tapis d'herbe tendre. Au-delà des taillis, on devinait le ruban argenté de la rivière. Le soleil, haut dans le ciel, filtrait à travers le feuillage des arbres.

« J'ai une idée ! fit soudain Tom. Si nous prenions un bon bain ? Rien de tel, pour effacer la fatigue ! D'accord ? Le premier arrivé sur l'autre rive aura droit à une barre de chocolat supplémentaire ! » ajouta-t-il en lançant un coup d'œil amusé à Sandra.

En un instant, tout ce petit monde se retrouva en costume de bain et s'achemina vers la rivière.

« Ça alors ! s'exclama Candy. Vite ! Il n'y a pas une minute à perdre !

– On voudrait bien savoir de quoi tu parles ! remarqua Jimmy.

– Le sac... Dans l'eau... Près du pont ! Un homme vient de le lancer ! Il y sûrement un animal, dedans ! Il a bougé !

– Tu l'as vu faire ? demanda Sandra. C'est ce bonhomme qui marche le long de l'eau ?

– Oui... Suivez-moi ! On va récupérer le sac ! Sandra, attends-nous sur la rive, tu ne nages pas assez bien !

– Hé ! Les gamins ! Vaudrait mieux vous occuper de vos affaires ! cria l'inconnu, l'air menaçant, en suivant des yeux les trois nageurs.

– Qu'est-ce qu'il y a, dans ce sac ? voulut savoir Sandra, lorsque le vieil homme fut près d'elle.

– Ce qu'il y a ? Ça t'intéresse ? »

D'un geste vif, Sandra serra Capucin contre elle, comme si une vague intuition lui avait fait deviner qu'elle devait le protéger. L'inconnu était petit. Voûté. Sa tête, à la tignasse hirsute, portait une casquette délavée, rabattue sur un regard méchant. A la main, il tenait un bâton, et la fillette eut un mouvement de recul, lorsqu'il le leva, menaçant.

« Vous feriez mieux de ne pas vous mêler de ça ! gronda l'homme. Risquer de se noyer pour une bestiole !
– Une bestiole ! répéta Sandra. Ah ! Je vois ! Vous vous êtes débarrassé d'un animal qui vous encombrait ! Mais c'est un crime !
– Un crime ! Laissez-moi rire ! Un chat à peine gros comme le poing ! Ah ! Ah ! Ah ! » jeta le sinistre individu avant de tourner les talons.

Sandra le suivit quelques instants des yeux puis se dirigea vers le pont. Comme elle regrettait de ne pas savoir bien nager ! Candy et les garçons, s'efforçant de ne pas perdre de vue la sacoche de toile, progressaient à grand-peine dans l'eau qui tourbillonnait, près des piles. Le sac disparut dans un remous, puis émergea à nouveau, entre deux vagues.

Poussée par la force du désespoir, Candy fit un bond en avant et agrippa la sacoche. Ses doigts gourds se resserrèrent sur la toile détrempée. Bob et Jimmy, devinant leur camarade au bord de l'épuisement, s'empressèrent de la soutenir pour l'aider à reprendre son souffle avant de regagner la rive.

« Enfile vite ce pull ! jeta Sandra en se précipitant vers son amie, dès que le trio fut sorti de l'eau.

— Pourvu qu'il ne soit pas trop tard ! lança Candy. J'ai entendu un miaulement, très faible. Comme une plainte...

— Mais non, rassure-toi ! s'exclama Tom, en écartant les bords de la poche après avoir enlevé la ficelle qui la fermait. Quel joli petit chat ! Sauvé ! Grâce à toi, Candy.

— N'exagère pas ! Tu m'as bien aidée, et Jimmy aussi ! Sans vous, je ne m'en serais pas sortie ! Quels remous, près des piliers ! Enfin, Minet a eu beaucoup de chance, je crois ! N'est-ce-pas, Minet ? »

Pour toute réponse, Minet hérissa sa fourrure trempée et frissonna. Il ouvrit de grands yeux apeurés puis miaula doucement. Candy se mit en devoir de le réchauffer ; elle le frictionna activement, le sécha avec le chandail que lui avait proposé Sandra... Lorsque le chaton consentit enfin à se tenir sur ses pattes, un immense cri de joie retentit.

« Candy ferait une excellente infirmière ! jeta Tom. A notre retour, il faudra raconter tout cela à Mlle Pony ! Elle ne se doute pas que Candy est capable de soigner des malades !

— Tu as dit "infirmière", Tom, murmura Candy. Mais, comment sais-tu que c'est le métier de mes rêves ?

— Un grand frère connaît tous les secrets de sa petite sœur, tout le monde sait cela ! »

Les enfants reprirent enfin le chemin du campement. Cette fois, il était temps de s'octroyer quelque réconfort ! La récompense promise à celui qui traverserait la rivière le plus rapidement serait partagée entre tous ! Ils l'avaient bien méritée...

Si les quatre randonneurs se sentaient très heureux à la pensée de déguster bientôt un excellent chocolat chaud, puisqu'il serait facile d'allumer du feu, il y avait quelqu'un

qui s'estimait fort malheureux ! Malheureux à en pleurer ! Hélas, les ratons laveurs ne savent pas pleurer !

Fronçant son petit nez rouge d'indignation, Capucin considérait d'un œil mauvais l'intrus qui, désormais, semblait occuper toute l'attention de ses amis ! N'avait-il pas poussé l'audace jusqu'à occuper sa propre place, dans les bras de Candy ? Préférerait-elle, tout à coup, cette curieuse bête noire à son ami de toujours ?

En un bond, Capucin eut chassé le chaton ! Foi de raton laveur, il ne la lui prendrait pas, sa place !

« Capucin ! Tu es insupportable ! Et mal élevé, par-dessus le marché ! » s'écria Candy, étonnée.

Mais Capucin prit le parti de faire la sourde oreille tandis que le chat se réfugiait sur la branche d'un arbre. Bien malin celui qui se hasarderait à usurper la place de Capucin ! Sandra, avec des trésors de patience, parvint enfin à débusquer le chaton.

« Si nous l'appelions Pussy ? proposa-t-elle.
— O.K. répondit Jimmy.
— Pourvu que Mlle Pony veuille bien que nous gardions Pussy, à notre retour ! lança Tom.
— Je me charge de la convaincre, dit Candy. Pussy sera vite adopté par les petits !
— Tout de même, jeta Sandra en caressant le chat qui ronronnait doucement, quelle brute, cet homme !
— Il n'a pas intérêt à se montrer à nouveau, fit Jimmy. Nous lui dirons ce que nous pensons de lui ! »

L'après-midi, les campeurs se mirent en route pour

une excursion jusqu'au sommet de la colline. De là-haut, avait assuré Candy, on verrait sûrement la pension Pony. Un bout de nez rose dépassait du sac à dos de Sandra, et un autre bout de nez de celui de sa camarade. Capucin, toujours sur ses gardes, surveillait cet étrange animal fort antipathique... La réciproque, à coup sûr, était vraie ! Cette traversée de la forêt enchanta les promeneurs. Les fraises des bois y poussaient à profusion : Sandra ne manqua pas de les goûter ! Les animaux vivaient en liberté, dans ce bois : une biche, qui traversa le sentier, fut saluée par les cris d'admiration des quatre amis. Malheureusement, cela eut pour résultat de la faire fuir...

Soudain, un vent aigre se mit à secouer la cime des grands sapins. Le ciel roula de gros nuages menaçants et, en quelques instants, une pluie glacée s'abattit sur la forêt.

« Il faut rentrer, dit Candy. Tant pis pour la promenade ! Nous verrons ça demain, si le beau temps revient.

– Quel dommage ! lança Tom. Nous pouvons peut-être attendre que l'averse se calme ! Il suffit de s'abriter sous les branches !

– Non ! Regarde comme le ciel est couvert, répliqua Candy. Il ne s'agit pas d'une simple averse ! Et la pluie redouble !

– Il vaut mieux rentrer », déclara Jimmy.

Le fracas d'un coup de tonnerre arracha un hurlement d'effroi à Sandra. Se protégeant tant bien que mal avec les quelques vêtements qu'ils avaient eu la précaution d'emporter, les enfants marchaient en silence tandis que le jour baissait. A cause de ce violent orage, la nuit ne tarderait pas à tomber... Alors, il deviendrait difficile de retrouver le chemin du campement.

Ces sombres pensées envahissaient peu à peu l'esprit de Candy et de ses amis. Nul n'osait parler, de peur de donner plus de réalité à leurs craintes. Autour d'eux, mille ombres fantastiques dansaient comme des monstres prêts à les happer.

« Je crois que... que nous sommes perdus ! dit Candy, osant enfin formuler ce que chacun savait déjà.

— Qu'allons-nous devenir ? demanda Sandra, apeurée. Toute la nuit, dans ce bois... Sous la pluie.

— Du courage ! lança Jimmy. Il n'est pas tard, nous pouvons rencontrer quelqu'un...

— Un fou de notre espèce qui aime les promenades sous la douche ! » railla Tom.

Hélas ! aucun promeneur ne croisa la route de Candy et de ses camarades. Combien de temps marchèrent-ils ainsi, transis de froid ? Jamais ils ne surent le dire. Longtemps, sans doute...

« Une lumière ! » s'écria tout à coup Candy. Alors un immense espoir chassa la peur. Puisqu'il y avait de la lumière, ils étaient sauvés...

En effet, une lampe déchirait la nuit à bonne distance. Le bois devenait moins épais. Il s'agissait sans doute d'un ranch.

Rassemblant leurs dernières forces, les enfants se dirigèrent vers la lueur qui, peu à peu, se fit plus vive. Quelqu'un veillait dans la maison qu'ils atteignirent enfin. Un concert d'aboiements féroces salua leur entrée dans la cour.

« Ouvrez-nous ! cria Candy en frappant à la porte.

— On vient ! » répondit une voix rude.

Le lourd battant de chêne grinça sur ses gonds. Devant les petits randonneurs, pétrifiés, se tenait l'homme qui avait tenté de se débarrasser de Pussy...

« Encore vous ! hurla-t-il. Allez-vous me laisser tranquille ? Ce n'est pas une heure à se promener dans les bois, bande de vauriens !

— Mais... monsieur ! Nous ne nous promenons pas !

répliqua Candy. Et nous regrettons beaucoup de vous déranger ! Nous sommes perdus !

– Cela ne me regarde pas ! Déguerpissez, ou je lâche mes chiens ! »

Comme pour donner plus de poids à ces paroles cruelles, les deux molosses que l'homme retenait à grand-peine aboyèrent de plus belle. Il n'y avait rien à espérer de cet individu... Tom et Jimmy donnèrent alors libre cours à leur rancœur. Ce vieillard n'avait pas de cœur, et ils ne se gênèrent pas pour lui dire son fait. Mais les chiens aboyaient si fort qu'il n'entendit probablement pas les mots peu flatteurs dont ils le gratifièrent. Une fois encore, en passant devant la lucarne, Candy essaya de persuader le vieil homme de ne pas les laisser dehors, sous la pluie battante, la nuit.

« Filez ou je lâche mes chiens !

– Vous n'êtes qu'un horrible égoïste ! » cria la fillette en s'éloignant.

Une idée venait de germer dans l'esprit de Candy. Au fond, elle se disait qu'ils avaient eu, malgré tout, beaucoup de chance d'arriver jusque-là. Puisque ce sinistre individu ne voulait rien entendre, ils passeraient la nuit dans les écuries !

Sandra et les garçons trouvèrent eux aussi que c'était une bonne solution. Ils se sentaient si fatigués qu'un lit de paille leur semblait tout à fait convenable. D'un geste décidé, Candy poussa la porte d'une écurie construite en bois. Et, sitôt le seuil franchi, elle s'arrêta, comme clouée de stupeur. Sandra, qui la suivait, laissa échapper un cri d'étonnement. Quant aux deux garçons, ils se précipitèrent aussitôt vers la stalle qui faisait face à l'entrée.

Une vague d'émotion envahit les enfants...

Une jument, sans se préoccuper de leur arrivée, léchait avec soin son poulain nouveau-né en poussant de légers hennissements.

« Quel merveilleux petit poulain ! s'exclama Sandra.
— Il vient de naître, dit Jimmy. On dirait que la jument a de la fièvre...
— Tu en es sûr ? demanda Candy.
— Si Jimmy le pense, il faut le croire, jeta Tom. Il connaît tout, sur les chevaux...
— Oui... assura le garçon. Cette jument a besoin de soins.
— Alors, je vais chercher le fermier, lança Candy. Il saura ce qu'il faut faire... Il appellera peut-être le vétérinaire...
— Tu es folle ? s'écria Sandra. Il n'hésitera pas à lâcher ses chiens, cette fois !
— On verra bien ! » dit Candy en s'élançant au-dehors.

Comment la fillette s'y prit-elle pour aborder à nouveau ce vieil original de fermier ? On ne le sut jamais... Après tout, seul le résultat comptait ! Lorsque la porte de l'écurie s'ouvrit enfin sur Candy et l'homme qui l'accompagnait, ses amis poussèrent un soupir de soulagement.

A vrai dire, Candy devait bien être un peu fée ! Sinon, comment aurait-elle pu transformer le fermier acariâtre qui les avait chassés en un individu au regard bienveillant ?

Quelques instants plus tard, mille questions fusaient, près de l'âtre, dans la salle commune du ranch. L'homme courroucé de tout à l'heure était devenu le plus chaleureux des grands-pères et leur répondait avec empressement... Aux pieds des enfants, les deux molosses s'étaient assoupis. Pussy et Capucin, un peu effrayés tout de même, avaient préféré dormir sur les genoux de leur maîtresse.

Le fermier s'appelait M. Mac Donald ; il parla longtemps de sa vie à la campagne, solitaire, des joies qu'il

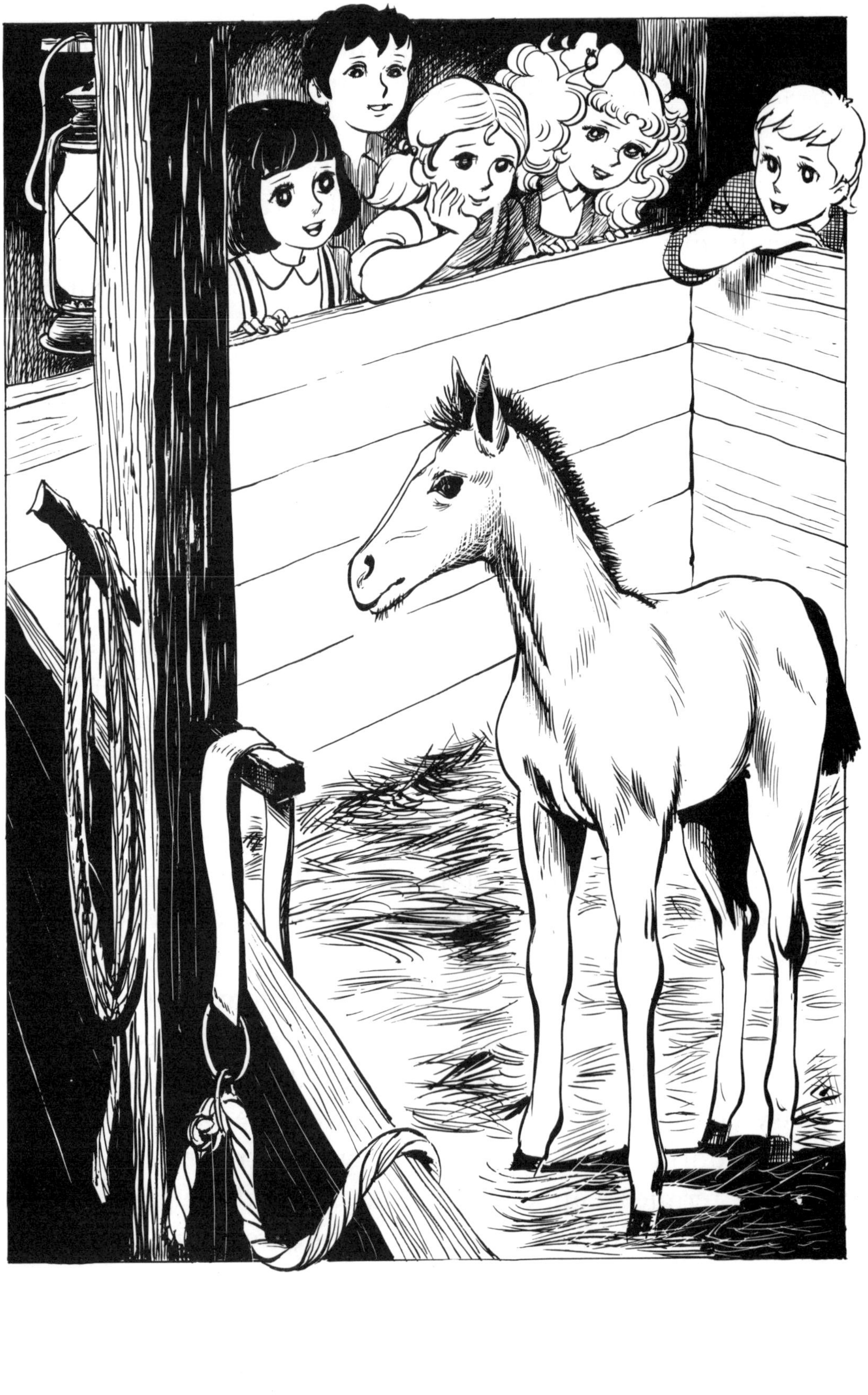

connaissait, auprès des animaux, de Princesse, la jument dont il était si fier...

« Il est temps d'aller vous reposer ! lança-t-il lorsque les dernières braises commencèrent à rougeoyer, dans la cheminée. Je vous raccompagnerai au Pré aux Cerfs, demain matin !

– Nous pourrions peut-être nous assurer, auparavant, que Princesse et son poulain n'ont besoin de rien, proposa Candy

– Si tu veux ! » répondit le fermier.

Princesse et son petit dormaient paisiblement sur la litière fraîche. Il ne fallait surtout pas les déranger.

Lorsque M. Mac Donald et les enfants quittèrent les écuries, un rayon de lune se glissa entre les nuages.

« Ce poulain, comment allez-vous l'appeler ? demanda Jimmy.

– Je ne le sais pas encore ! Mais... si tu as une idée...

– Rayon-de-Lune... murmura l'enfant.

– Si tu veux... Rayon-de-Lune... » répéta le vieil homme en le prenant par la main.

*
* *

Lorsque, au terme de quatre jours de vacances inoubliables, Candy et ses amis apparurent au détour de l'allée, devant la pension Pony, des cris de bienvenue jaillirent de la grande maison. Les petits orphelins étaient heureux de retrouver leurs aînés, et leur absence leur avait paru longue comme un siècle ! Quant aux randonneurs, ils avaient hâte de goûter à nouveau à la douceur de vivre au foyer Pony. La vie en pleine nature les avait amusés, malgré les imprévus, mais tout de même... Comme c'est bon, de rentrer chez soi après une absence ! Et puis, ils avaient tant et tant d'aventures à raconter ! Princesse, Rayon-de-Lune, M. Mac Donald, Pussy ! De quoi alimenter des conversations des heures durant ! Une heureuse surprise attendait Candy : une longue lettre d'Annie lui disait tout le bonheur d'une petite fille choyée par des parents soucieux de la rendre heureuse. Ainsi, Annie ne l'avait pas oubliée... Une autre surprise l'attendait aussi, elle et ses trois amis. Un « nouveau » était arrivé à la pension, quelques instants avant leur retour.

Paco venait de New York. Il avait besoin d'un séjour à la campagne. Mlle Pony présenta le garçon, qui devait avoir une dizaine d'années, puis, comme on la demandait au téléphone, elle entra dans son bureau.

« Bonjour, Paco ! lança Candy en s'approchant du nouveau venu pour l'embrasser. Mais, au mouvement de recul qu'elle devina, elle renonça. Paco esquissa un demi-sourire en guise de réponse à son salut.

– Tu viens de New York ! dit Jimmy, ce doit être épatant, une ville aussi grande !

– Pas drôle, le nouveau ! » marmonna Tom en considérant ce curieux garçon d'un regard peu amical.

Le visage de Paco, à la peau très brune, encadré d'épais cheveux noirs comme du jais, resta de glace.

« Tu es content de passer quelques semaines avec nous ? demanda Sandra.

– Ma parole, il est muet ! s'exclama Tom, comme le garçon ne répondait pas.

– Tom ! Tu es insupportable, aujourd'hui ! fit Candy, outrée par l'attitude de son ami.

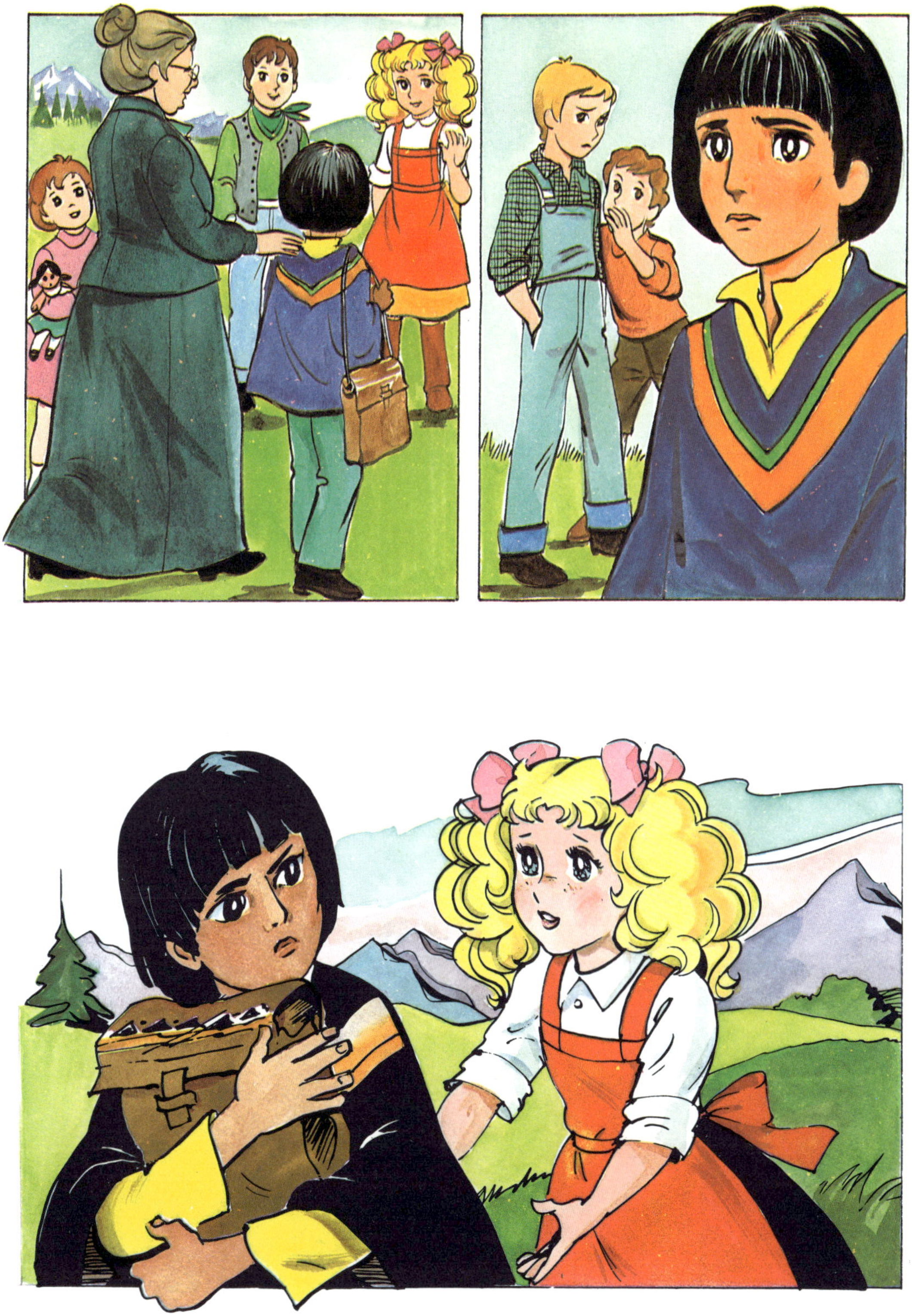

— Comme si on n'était pas bien, tous ensemble ! répliqua ce dernier à voix haute. On n'avait pas besoin d'un nouveau ! »

Candy invita Paco à la suivre et, à sa grande surprise, il accepta. Elle allait lui faire les honneurs de la pension Pony, cela le détendrait peut-être, du moins l'espérait-elle. Mais le parc, le bois et les mille trésors qu'elle voulut lui montrer laissèrent le garçon indifférent. Il la suivait, toujours muet, le regard absent.

Soudain, elle devina qu'il ne marchait plus derrière elle. Intriguée, elle se retourna. Paco, immobile au milieu du chemin contemplait l'arbre géant qui se dressait à quelques pas de là. L'arbre-refuge de Candy... C'est dans ce cèdre séculaire qu'elle aimait se blottir, lorsqu'elle avait du chagrin, depuis son plus jeune âge. Candy attendit et, lorsqu'il consentit à la suivre, le garçon lui adressa un sourire.

Puisque Paco aimait son arbre, Candy s'en ferait sans doute un ami...

Les jours suivants, le nouveau pensionnaire resta sur sa réserve. Candy eut beau échafauder mille plans, tous échouèrent. Sœur Maria et Mlle Pony prétendaient qu'avec le temps, cela s'arrangerait. Sandra et Jimmy voyaient tous leurs efforts échouer. Quant à Tom, il ignorait tout simplement ce garçon pour lequel il n'éprouvait aucune sympathie.

Il fallait faire quelque chose ! Et au plus vite ! Cette idée occupait tellement l'esprit de Candy qu'elle décida d'aller en parler à M. Mac Donald. Il l'aiderait peut-être à trouver une solution. Après tout, n'était-il pas son ami ?

Et c'est ainsi que, quelques jours plus tard on se retrouva au ranch... Mlle Pony avait consenti à ce que ses

« grands » aillent y faire de l'équitation, sur l'invitation du propriétaire...

« Tous en selle ! Eh bien, bonne promenade ! lança le vieux fermier. Soyez prudents, et ne rentrez pas trop tard ! J'aurais bien aimé vous accompagner...

— Ne vous faites pas de souci, monsieur Mac Donald, répondit Candy, Tom et Jimmy sont des cavaliers hors de pair ! Quant à Paco, il a souvent monté, dans un manège ! Pas de problèmes !

— Et Candy est une véritable amazone ! » plaisanta Tom.

Les cavaliers se mirent en route. Ils longèrent les écuries et s'apprêtèrent à contourner la barrière qui fermait la cour lorsque, d'un bond agile, la monture de Paco sauta par-dessus la barrière.

Stupéfaits, Tom et Jimmy le rattrapèrent rapidement. Candy, un peu en retrait, admirait l'aisance naturelle du cavalier. Ils débouchèrent bientôt sur une vaste plaine et longèrent la rivière.

« On traverse ? jeta Tom.

— Pourquoi pas ! répliqua Candy.

— Vas-y, Paco ! ordonna Tom. Il ne devait pas y avoir de rivière, dans ton manège ! Montre-nous ce que tu sais faire ! »

Le garçon ne répondit pas. D'un geste sûr, il dirigea son cheval vers la berge. Là, la bête hésita... Sa longue robe brune ondula en un grand frémissement. Le cavalier attendit, se refusant à la forcer.

« Alors ! Tu as la trouille ? ricana Tom.

— Un instant... Il vaut mieux attendre... répondit Paco en caressant doucement le cheval.

— Attendre ! C'est ça qu'on apprend, à New York ? Tu n'as jamais vu comment s'y prennent les Indiens, pour traverser une rivière ?

— Les Indiens... » murmura Paco.

Son cheval entra dans l'eau et, en quatre bonds, il atteignit l'autre rive. Paco riait aux éclats tandis que sa monture soulevait des gerbes d'écume. Tom se hasarda à son tour ; il se retrouva les chaussures remplies d'eau et le bas de son pantalon trempé.

« Il fallait replier tes jambes et remonter tes pieds le plus haut possible ! dit Paco.

— T'occupe ! » répliqua le garçon, furieux.

Candy sentit une immense joie l'envahir. Paco rayonnait. Une partie de son plan avait réussi : elle était parvenue à chasser le voile de tristesse qui recouvrait le visage du « nouveau ». Restait le plus difficile : amener Tom à changer d'attitude.

« Que diriez-vous d'un petit galop ? demanda soudain ce dernier. En route ! »

Alors, tout se passa à la vitesse d'un éclair. Le garçon eut-il la main trop lourde, lorsqu'il cravacha son cheval ? La bête fut-elle surprise ? Elle donna une ruade, fit quelques sauts et... vida le malheureux Tom de ses étriers.

Cette fois, un grand éclat de rire secoua Candy et Jimmy. Tom, agrippé à sa selle et au cou de sa monture avait vraiment l'air ridicule ! Il réussit à ne pas tomber et essaya de remettre ses pieds dans les étriers.

Seul Paco ne riait pas...

Il fixait de ses yeux noirs le garçon qui, livide, serrait les mâchoires pour ne pas crier.

Le cheval cherchait à se débarrasser de son cavalier. Il se cabra en poussant un long hennissement puis s'élança à une vitesse folle. Cette fois, Candy et Jimmy sentirent un frisson d'horreur les traverser...

Alors Paco éperonna son cheval et rejoignit Tom au galop. Empoignant l'animal déchaîné par la bride, il le força à s'arrêter. Il tenta encore de lui échapper, donna quelques ruades, puis s'immobilisa. Il était temps ! Tom semblait à demi mort de frayeur !

« Tu as été formidable ! s'exclama Candy en parvenant à la hauteur des deux garçons.

– Quel cavalier ! lança Jimmy, les yeux emplis d'admiration.

– Merci, Paco, parvint enfin à articuler Tom. Merci... Sans toi...

– Tu n'as pas eu de chance, tout simplement ! répliqua Paco. Ton cheval devait être énervé... Des choses qui arrivent...

– Pardonne-moi, murmura Tom.

– Mais, de quoi parles-tu ? demanda Paco.

– Cette promenade, nous ne l'oublierons jamais, dit Candy, émue.

– Jamais, répéta Tom en souriant à son nouvel ami.

– Assez d'émotions pour aujourd'hui ! annonça Jimmy en adressant un coup d'œil à Candy. On rentre ! »

Sur le chemin du retour, deux cavaliers ouvraient la marche. Tom et Paco... Ils bavardaient comme de vieux amis. Jimmy les suivait. Candy, heureuse, chevauchait à l'arrière. Quand les cavaliers entrèrent dans la cour du ranch, M. Mac Donald comprit aussitôt que le plan mis au point avec Candy avait marché !

« Tout de même, dit Tom en arrêtant son cheval auprès de celui de son ami, ce manège, à New York, il était drôlement bien ! Tu as dû avoir un maître exceptionnel !

– Oui, répondit Paco. Mais, je n'ai pas beaucoup de mérite, tu sais... Mes parents...

– Tes parents ? Tu n'es pas orphelin, comme nous ?

– Mes parents étaient indiens... On m'a trouvé, près de Mexico... C'est tout ce que je sais d'eux... »

CHAPITRE III

Une curieuse famille

« Ma petite Candy, commença Mlle Pony, je crois qu'il est temps de penser un peu à toi... A ton avenir...

– Mon avenir ? Mais je ne l'imagine pas ailleurs qu'ici ! dit Candy qui devinait où la directrice voulait en venir.

– Annie a trouvé une vraie famille... J'aimerais qu'il en soit de même pour toi.

– Annie... répéta Candy, les yeux soudain remplis de larmes. Savez-vous ce qu'elle m'a écrit, dans la lettre que j'ai reçue ce matin ? »

Supposant qu'il se passait quelque chose de grave, la

demoiselle prit Candy dans ses bras et écouta ses confidences... Annie lui avait écrit que, désormais, elle cessait toute correspondance avec elle.

« Pourquoi ? Je ne comprends pas ! lança la fillette d'une voix chargée d'angoisse.

– Les Brighten pensent sans doute qu'elle doit couper tout lien avec nous... pour devenir leur fille à part entière, déclara la directrice. C'est leur droit...

– Peut-être, admit Candy. Mais je le regrette !

– Il faut accepter certaines situations, dans la vie... Allons, oublie tout cela, mon enfant. J'ai reçu, cet après-midi, un couple fort sympathique, les Legrand. Ils n'habitent pas très loin d'ici... et souhaitent adopter une petite fille.

– Si je ne dois pas partir très loin... Dans ce cas, peut-être... Mais je suis tellement bien ici... Sœur Maria et vous, vous m'entourez d'affection et... Pourquoi aller ailleurs ?

– Tu es grande, maintenant... Dans une famille, tu connaîtras autre chose... Les Legrand ont déjà deux enfants. Un garçon, Nil, et une fille, Eliza... Des enfants de ton âge, qui attendent leur sœur avec impatience !

– Mademoiselle Pony, déclara Candy puisque vous y tenez je veux bien aller chez les Legrand. Au fond, Annie n'est plus là... Tom et Paco sont devenus amis... Je trouverais peut-être une vraie sœur, en cette petite Eliza.

– J'en ai la conviction ! Et tu reviendras souvent nous voir... »

Lorsque la demeure des Legrand apparut au détour d'une allée bordée d'arbres centenaires, Candy resta stupéfaite. Elle était immense... somptueuse. Froide, aussi. Les

« Au secours ! un rat ! hurla Eliza. Un vrai rat d'égout ! »

colonnades de marbre blanc de sa façade, les allées rectilignes du parc et les fenêtres aux rideaux sombres donnaient à la maison un air de sévérité.

En descendant de la voiture qui était venue la chercher, Candy sentit son cœur se serrer. Un papa et une maman, dans son imagination, auraient dû sortir sur le perron pour accueillir leur enfant...

D'un geste sec, le chauffeur l'invita à le suivre et poussa la monumentale porte d'entrée. Dans le vaste vestibule de marbre se tenaient deux enfants. A l'arrivée de Candy, ils ne firent pas un signe de bienvenue. Cette fillette aux longs cheveux roux coiffés en anglaises, c'était donc Eliza... Comme son regard semblait dur, derrrière ses épais sourcils froncés ! Quant à son frère, il ne paraissait guère plus sympathique...

Soudain, avant que Candy ait pu faire un geste, Capucin bondit dans la somptueuse cage d'escalier qui conduisait à l'étage.

« Au secours ! Un rat ! hurla Eliza. Un vrai rat d'égout !

— Rattrapez-le ! ordonna Nil au chauffeur. Tuez-le !

— Le tuer ! répéta Candy, hors d'elle. Mais mon petit Capucin n'est pas un rat d'égout ! Capucin, viens ici ! » ordonna-t-elle.

L'animal redescendit aussitôt et se dirigea vers sa maîtresse. Au passage, Nil décocha un coup de pied à Capucin, ce qui lui arracha un cri de douleur. Bondissant sur le gamin, Capucin planta ses petites dents pointues dans l'une des ses chevilles.

« Au secours ! Maman !

— Mais, fais donc quelque chose, espèce d'idiote !

lança Eliza à Candy. Tu ne vois pas qu'il va dévorer mon frère ?

— Tu exagères ! Capucin est végétarien !

— Elle se moque de moi, en plus ! Maman, au secours !

— Pourquoi tout ce tapage ? demanda soudain une voix aigre, en haut de l'escalier. Ah ! Je vois ! fit la jeune femme qui descendit les marches à la hâte. Dès son arrivée, cette petite sotte vous ennuie, mes enfants ! C'est cette bestiole qui t'a mordu, mon chéri ?

— Oui, maman. Elle est féroce ! Comme j'ai mal ! gémit le garçon. Il faut s'en débarrasser !

— Vous ne toucherez jamais à Capucin ! cria Candy en serrant l'animal dans ses bras. Jamais, vous m'entendez ?

— On ne t'a pas appris, à la pension Pony, qu'une

petite fille doit obéir à ses parents ? Si j'ordonne que l'on fasse disparaître cet affreux rat, tu n'as pas à donner ton avis. Compris ? Tu n'as donc aucune éducation ? Tu ne m'as même pas saluée, en arrivant !

– C'est que... balbutia Candy. Enfin... Bonjour, madame... »

Elle aurait voulu dire « maman », mais ce mot ne parvint pas à naître sur ses lèvres. Mme Legrand n'avait rien d'une maman telle que Candy l'avait imaginée.

« Suis-moi ! Je vais te montrer ta chambre ! » ordonna la jeune femme.

Comme s'il avait deviné qu'il devait s'efforcer de passer inaperçu, Capucin se réfugia dans une poche du manteau de Candy. Celle-ci, empoignant sa valise, suivit Mme Legrand. Un épais tapis de laine courait le long des marches, étouffant tout bruit de pas. Jamais Candy n'avait vu un escalier aussi somptueux. Bientôt le large corridor du premier étage fit place à un couloir plus étroit, puis à un passage très resserré. Enfin, Mme Legrand s'arrêta devant une porte à la peinture écaillée.

« C'est ici ! A côté de la chambre de la cuisinière. Cette aile est réservée aux domestiques... Tu y seras très bien !

– Certainement, madame ! dit Candy en jetant un coup d'œil par-dessus son épaule pour voir d'où venaient les gloussements et les rires étouffés qu'elle entendait.

– Ça te plaît ? ricana Eliza.

– Un vrai palais ! lança son frère. A côté de ce taudis de pension Pony, c'est plutôt mieux, non ?

– Je vous interdis de parler du foyer Pony de cette façon ! répliqua Candy, très en colère.

— Et moi, je t'interdis de parler ainsi à mes enfants ! » ordonna la jeune femme d'une voix sèche.

Comme elle venait de tourner les talons, suivie de ses deux effrontés, Candy entra dans la chambre. Comme elle se sentait triste ! Pour tout mobilier, cette pièce sombre, éclairée seulement par une minuscule lucarne, ne comportait qu'un mauvais lit, une étagère, et une armoire. Sur l'étagère, un pot ébréché, que Mme Legrand avait recommandé de remplir, l'étage n'ayant ni eau courante ni chauffage. Quant à l'armoire, elle lui avait interdit de l'ouvrir.

Avec un soupir de résignation, Candy entreprit de ranger ses quelques effets sur l'étagère de bois blanc. Elle eut beau recommencer l'opération plusieurs fois, le résultat ne lui convint pas. L'étagère était trop petite !

Et si elle rangeait quelques vêtements dans l'armoire... Mme Legrand ne s'en apercevrait même pas ! Elle ne devait pas venir souvent dans cette aile réservée à son personnel...

Tournant la clef d'un geste rapide, Candy ouvrit l'un des battants. Ce qu'elle vit lui arracha un cri de surprise.

L'armoire était emplie de robes et d'étoles de fourrure. Des robes somptueuses, de soie ou de fine dentelle aux couleurs chatoyantes. Des robes comme celles que portaient les princesses, dans les belles histoires que contait sœur Maria. Il y avait là, Candy en était sûre, la robe de bal de Cendrillon, celle de la Belle au bois dormant... D'autres encore... Elle caressa doucement le tissu soyeux d'une merveilleuse toilette de taffetas rose. Puis, comme poussée par une force incontrôlée, la fillette passa cette robe de rêve sur sa modeste tenue de pensionnaire...

« Capucin, regarde comme je suis belle ! lança Candy en se regardant dans la glace toute piquée de l'armoire. Je vais au bal ! Et la bonne fée ma marraine fera de toi un prince, d'un coup de baguette magique !

– Au bal ? répliqua une voix sèche. Quelle effrontée ! Je me demande si je viendrai à bout d'une pareille gamine !

– Madame, je... Madame Legrand, parvint enfin à articuler Candy, c'était juste pour essayer...

– La robe de bal de ma fille ! Je croyais t'avoir défendu d'ouvrir cette armoire ! Nous rangeons là les robes fragiles et les fourrures, à cause de la fraîcheur de la pièce !

– Madame...

– Enlève-moi ça tout de suite et descends à la cuisine ! Nous reparlerons de ton indiscipline plus tard ! La vaisselle t'attend ! D'ailleurs, puisque tu te conduis ainsi, prends tes affaires et suis-moi ! »

Quelques instants après, Candy s'installa dans sa nou-

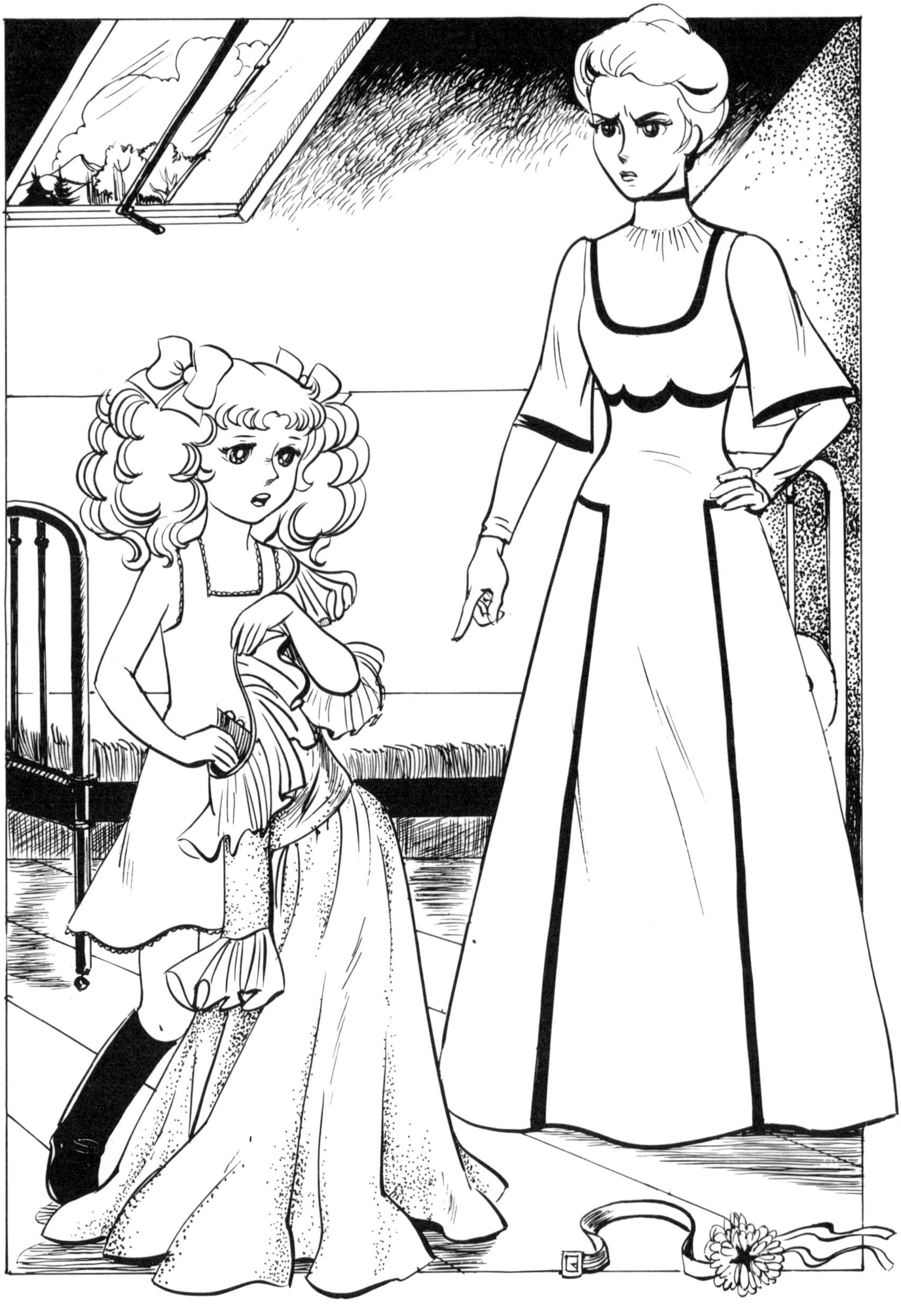

velle chambre... Le mot convient-il, pour désigner cette sorte de soupente, aménagée dans les écuries, que lui octroya Mme Legrand ? Un réduit, chichement meublé, serait plus juste !

« Je vais rester ici ? Près des chevaux ? demanda Candy, étonnée.
– Pourquoi ? Tu n'aimes pas les chevaux ?
– Ce n'est pas cela, mais...
– Dans ce cas, de quoi te plains-tu ? » fit la jeune femme en s'éloignant.

Après tout, se dit la fillette, pourquoi se plaindre ? Les chevaux sont sûrement des compagnons plus agréables que ces Legrand ! Mais tout de même, lorsque Mlle Pony croyait lui avoir trouvé une vraie famille, comme elle se trompait ! Dans la vaste cuisine où s'affairait une armée de marmitons, Candy se mit aussitôt au travail. Martha, une grosse cuisinière enveloppée dans un immense tablier noir, lui offrit un bol de chocolat chaud qui lui redonna du courage.

*
**

Le surlendemain, alors qu'elle essuyait la vaisselle, Eliza fit irruption dans la cuisine.

« Laisse tomber ! lui lança-t-elle. Martha trouvera bien un moment pour finir la vaisselle ! Ou un de ces fainéants la fera ! dit-elle en désignant les aides de la cuisinière.
– Mais, Mme Legrand m'a dit de...
– Dorénavant, c'est à moi que tu devras obéir ! coupa Eliza. C'est "madame Legrand" qui l'a dit, poursuivit-elle en imitant Candy. Tu seras ma femme de chambre-dame de

compagnie-répétitrice pour mes leçons-et autres ! Pas mal, non ?

— Ta femme de chambre ?

— Tu n'as pas le choix, ma vieille ! D'ailleurs, pour fêter ton arrivée, je t'offre une promenade en ville ! C'est tout de même mieux que la vaisselle ! Va te recoiffer ! Et change de robe ! »

Durant tout le trajet, Eliza ne cessa de parler des merveilleuses toilettes qu'elle comptait s'acheter. Candy lui porterait les cartons de robes et de chaussures ; somme toute, affirmait-elle, c'était bien pratique, une personne totalement à son service.

« Je dois briller, à la soirée que vont donner nos voisins ! Ils ont deux fils, Archie et Stair... Il faut absolument que j'éclipse toutes les filles de la ville ! Remarque, je n'aurai pas de mal, elles sont si moches ! Je pense m'acheter une robe de satin... Toi, bien sûr, tu n'y connais rien ! Qu'est-ce que tu as l'air cloche, avec cette robe ! C'est Mlle Pony qui te l'a cousue ?

— Non, répondit Candy. Cette robe, c'est...

— Je m'en fiche ! ricana Eliza. Je disais donc que je dois être la reine de la soirée ! Tiens, regarde, la robe, là-bas dans la vitrine, poursuivit-elle avec un signe de la main. Va vérifier si elle est brodée de fleurs ou de feuilles, je ne vois pas très bien, d'ici !

— D'accord ! dit Candy, comme la voiture s'arrêtait.

— Je t'attends ! Inutile que je me fatigue !

— Ce sont des fleurs ! cria la « dame de compagnie ».

— Merci pour le renseignement ! jeta Eliza. En route ! ordonna-t-elle au chauffeur. Et bonne promenade ! Ne flâne pas trop !

— Eliza ! Eliza ! appela Candy. Ah ! Elle me le paiera ! »

La fillette réfléchit quelques instants ; comment faire pour rentrer, alors qu'elle ne connaissait même pas l'adresse des Legrand ? Que dirait la mère d'Eliza ? Sa fille avait-elle menti, en assurant que Candy était à son service ? Toutes ces pensées se bousculaient dans son esprit quand une voiture s'arrêta à sa hauteur. Un superbe cabriolet rouge, rutilant, dont les chromes étincelaient.

« Eh bien ! Tu as perdu la parole ? lança une voix chaleureuse. C'est bien toi qui habites chez les Legrand ?

— Oui ! Vous me connaissez ?

— Je t'ai vue, de la fenêtre de ma chambre. Tu t'occupes des chevaux ? Tu vas souvent aux écuries... Bizarre, pour une fille !

— Je loge dans les écuries, avoua Candy.

– Quoi ? Je savais que les Legrand étaient des gens de peu, mais là, alors ! Tu m'étonnes ! Au fait, je ne me suis pas présenté ! Alistair, pour vous servir, mademoiselle !

– Alistair ! Ah ! Eliza m'a parlé de toi ! Je m'appelle Candy... »

Le garçon proposa à Candy de la raccompagner, ce qu'elle accepta avec joie. Chemin faisant, ils bavardèrent comme de vieux amis. Alistair se disait qu'Eliza méritait une leçon... Une bonne leçon.

Au grand bal annuel que donnèrent les parents du garçon, une jeune fille brilla tout particulièrement. Elle n'avait pas revêtu les riches toilettes évoquées par Eliza. Avec sa robe toute simple et ses boucles blondes bien coiffées, elle éclipsa pourtant toutes les invitées. Candy, à qui Alistair avait fait envoyer un carton d'invitation, fut la reine de la soirée. Ni Mme Legrand, ni la perfide Eliza n'avaient pensé qu'elle remporterait un tel succès : bien au contraire, elles avaient pensé humilier Candy en lui permettant de répondre à cette invitation.

Folle de rage, Eliza demanda à sa mère de se séparer définitivement de celle qu'elle considérait désormais comme une véritable ennemie. Et Mme Legrand, toujours prête à satisfaire au moindre désir de sa fille, accepta. Mais elle avait compté sans la gentillesse de Stair et de son frère... Les deux garçons surent si bien vanter les mérites de leur nouvelle amie que leurs parents, eux aussi séduits par Candy, résolurent de s'occuper de la petite orpheline. Il fut bientôt décidé qu'elle irait parfaire son éducation en Angleterre avec Stair et Archie. Au fond, Candy n'en voulait pas à la cruelle Eliza... Elle essayait tout simplement d'oublier les mille tracasseries dont elle avait été l'objet...

***

Une nouvelle vie s'ouvrait pour la protégée de Mlle Pony... Allongée dans un transat, elle laissait son regard errer sur la crête des vagues, à l'arrière du paquebot qui voguait sur l'Atlantique. Capucin, à vrai dire, supportait mal le voyage en bateau : il dormait depuis plusieurs jours ! Le séjour qu'il allait faire avec sa maîtresse et les garçons au collège Saint-Paul, à Londres, ne semblait pas le préoccuper...

Un pépiement plaintif tira Candy de sa rêverie... Près d'elle, maladroite sur ses pattes, une mouette s'essayait à marcher. Une drôle de mouette, avec sa patte immobilisée dans un bandage solidement fixé autour d'une baguette de bois.

« On dirait que tu as des béquilles ! jeta Candy en riant. J'espère que tes camarades ne te voient pas ! Elles se moqueraient de toi !

— A mon avis, il n'y a vraiment pas de quoi se moquer ! lança une voix d'homme, derrière Candy. Au contraire ! Et je voulais te féliciter !

— Oh, commandant ! souffla la fillette, j'ai fait de mon mieux... Une patte cassée, sans doute ! L'oiseau s'est écrasé contre le hublot de ma cabine !

— Je le sais ! Les passagers ne parlent que de cela ! Aussi, j'ai voulu connaître la petite infirmière qui se trouvait à bord !

— Merci, commandant ! Je me demande d'ailleurs ce que je vais faire de cette mouette... Nous approchons de l'arrivée, et elle n'est pas encore tout à fait guérie.

— Si tu veux bien me la confier... C'est ma dernière traversée.

— Comme vous devez être triste !

— Pas du tout ! J'ai assez bourlingué sur toutes les mers du monde ! De ma maison sur la dune, je verrai les navires gagner le large, et ce sera un peu comme si je partais, moi aussi ! Ta protégée pourra se refaire une santé ! Et puis, lorsqu'elle se sentira assez forte, elle partira...

— Elle restera peut-être près de votre maison sur la dune, dit Candy, pensive.

— Peut-être ! Dans ce cas, je penserai à la petite infirmière qui a si bien su la soigner ! »

Lorsque le paquebot eut accosté, Candy vit un homme s'approcher de Stair. Ce dernier fit bientôt signe à Candy et à Archie de le rejoindre. Et le petit groupe se dirigea vers

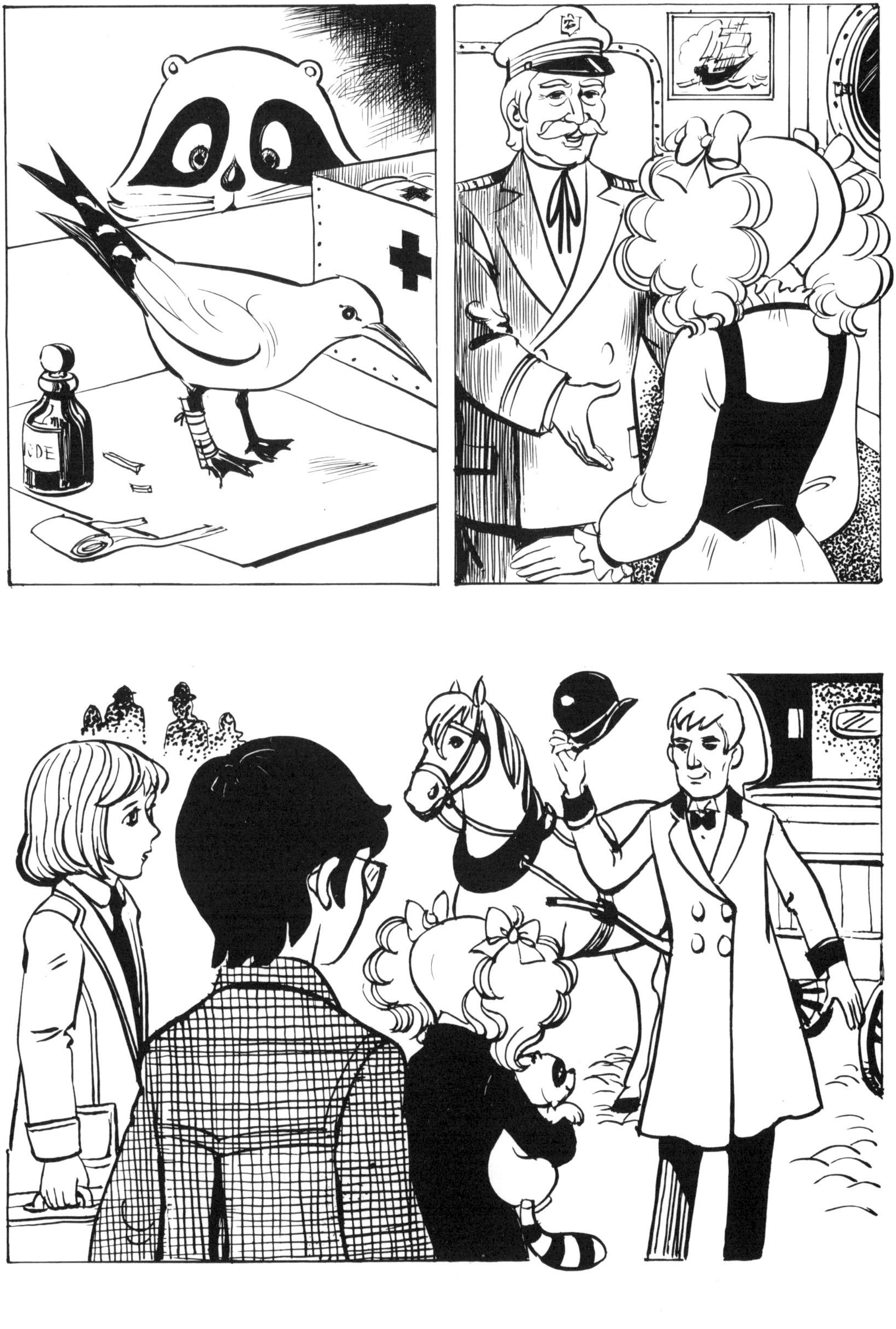

une voiture à cheval qui attendait à quelques pas de là. Cet homme, très élégant, avait été chargé par sœur Grey, la supérieure de l'établissement, de venir accueillir les nouveaux pensionnaires du collège Saint-Paul.

La voiture traversa la ville aux rues étroites et sombres, aux abords du port, puis les faubourgs embués de brume pour déboucher dans la campagne verdoyante.

« Comment allons-nous faire, pour Capucin, demanda Candy, angoissée. Vous avez entendu ? Il paraît que sœur Grey est intraitable sur ce point : elle ne tolère aucun animal ! Elle risque de le confier au zoo ! Mon Capucin au zoo ! Il faut absolument trouver une solution !

– J'ai une idée, déclara Alistair. Une excellente idée !

– Comme toujours, ironisa Archibald. Mon frère est un petit génie ! Il n'a pas son pareil pour mettre au point mille inventions plus bizarres les unes que les autres !

– C'est vrai ! dit Candy. Alors, qu'est-ce que tu proposes, pour Capucin ?

– É-lé-men-taire ! Tu mets Capucin autour de ton cou, et le collège Saint-Paul tout entier pensera que tu as un merveilleux col de fourrure à ton manteau ! Tu vas être très sage, Capucin ! Je sais bien que tu ne dois pas apprécier de te voir transformé en col de fourrure, mais il faut faire un effort ! C'est du provisoire ! »

On procéda à un essai... Ce fut tout à fait concluant !

Le collège Saint-Paul, situé dans un quartier résidentiel de Londres, se profila bientôt. Candy sentit son cœur se serrer... Pourvu que la ruse de Stair ne soit pas découverte... La vieille bâtisse avait l'air si austère, avec sa grille aux pointes acérées dressées vers un ciel d'encre et ses fenêtres à barreaux. Quant à la religieuse qui se tenait sur le perron pour recevoir les trois pensionnaires, elle semblait n'avoir rien de rassurant.

Rajustant à la hâte son « col de fourrure », Candy empoigna sa valise et suivit les garçons, le cœur battant à tout rompre.

« Je suis sœur Grey, déclara la religieuse. J'espère que la traversée s'est bien passée... Suivez-moi, je vais vous montrer vos chambres ! »

En un sens, cet accueil peu chaleureux rassura Candy ; sœur Grey paraissait peu bavarde, elle ne tarderait pas à prendre congé des « nouveaux »...

En effet, quelques instants plus tard, la religieuse laissa Candy s'installer dans sa chambre. Elle se sentit soulagée de l'angoisse qui la tenaillait depuis son arrivée. Capucin était passé inaperçu ! Il put enfin se dégourdir les pattes et courut en tout sens, histoire de découvrir son nouveau domaine. Prudente, Candy le laissa faire puis l'enferma dans la grande armoire qui meublait sa chambre. Le raton laveur protesta quelque peu puis finit par se résigner. Sa maîtresse devait avoir ses raisons, semblait-il se dire, en plissant son bout de nez rose... Soudain, quelqu'un frappa à la porte.

« Entrez ! lança Candy après s'être assurée que, du côté de l'armoire, tout était calme.

— Bonjour ! Je m'appelle Patricia ! annonça une fillette avec un joyeux sourire. Patty, c'est plus pratique ! J'occupe la chambre voisine.

— Moi, je m'appelle Candy Fleur-de-Neige, et je viens des États-Unis.

— Des États-Unis ! Comme tu as de la chance ! Ce doit être un pays merveilleux ! J'aimerais y aller, un jour ! Si tu le veux bien, nous serons amies, toi et moi...

— Merci, Patty, murmura Candy, heureuse de cette rencontre.

— Mais... Tu as entendu ? jeta soudain Patricia en ouvrant de grands yeux étonnés. Qu'est-ce qu'il y a, dans ton armoire ? Un fantôme, peut-être ? Je t'avertis, cette vieille bâtisse en est remplie !

— Rassure-toi ! dit Candy avec un éclat de rire. Les fantômes ne se manifestent que la nuit ! Du moins, on le prétend... Non, pas de fantôme ici ! C'est Capucin !

— Capucin ?

— Oui... Un petit raton laveur ! Je ne m'en sépare jamais !

— Comment as-tu fait, avec sœur Grey ? Elle ne veut

rien savoir, à ce sujet. Figure-toi que je voulais amener mon poney ici, eh bien, elle a refusé !

– Un poney passe difficilement inaperçu ! Sœur Grey n'a rien vu, voilà tout ! Regarde comme il est mignon, fit Candy en ouvrant la porte de l'armoire. Si tu veux, tu pourras jouer avec lui, mais il te faudra être très prudente, bien sûr ! »

A peine Candy avait-elle ouvert la porte que Capucin bondit hors de sa cachette. En un instant, il se percha sur le rebord de la fenêtre et hop ! dehors !

« Je vais le chercher ! lança Candy en l'apercevant de l'autre côté de la cour.

– On n'a pas le droit d'aller là-bas ! déclara Patty. c'est le dortoir des garçons ! Tu risques d'être renvoyée !

– Mais il faut bien que je rattrape Capucin ! Si sœur Grey ou quelqu'un d'autre le repère... Regarde, il vient d'entrer par la fenêtre ouverte !

– Le règlement est très sévère, ici. Je t'assure que tu seras renvoyée si l'un des surveillants te voie !

– Eh bien ! On ne doit guère s'amuser, ici », soupira Candy en espérant qu'avec un peu de chance Stair ou Archie mettraient Capucin à l'abri des fameux surveillants dont avait parlé Patricia.

Elle consentit à suivre ses conseils, même s'il lui en coûtait beaucoup d'abandonner Capucin à son triste sort. Le jour de son arrivée, il valait mieux ne pas se faire remarquer...

La cloche retentit.

« Tout le monde dans la cour ! annonça Patty. Promenade obligatoire !

– Encore le règlement, ironisa Candy.

– Bien entendu ! Et, si tu restes dans ta chambre, tu risques d'être sévèrement punie !

– Allons-y ! jeta Candy. Pas drôle, ce règlement ! A la pension Pony... »

Chemin faisant, Candy évoqua son enfance au foyer, là-bas, dans la lointaine Amérique. Dans la cour, les élèves entourèrent la « nouvelle » et la pressèrent de questions. Candy se sentait très heureuse de se voir si vite acceptée mais elle ne parvenait pas à distraire son esprit de Capucin. Où pouvait-il bien se trouver ?

« Mais ! Je rêve ou quoi ? C'est bien miss Écurie ! jeta tout à coup une voix aigre.

– Miss Écurie ? s'étonna Patty. Eliza, de qui veux-tu parler ?

– De ta nouvelle amie, à ce que je vois ! Eh bien, tu en as des fréquentations ! Une jeune fille de la meilleure société de Londres ! Se lier avec une domestique !

– Je ne comprends rien à ce que tu dis, hasarda Patricia.

– Bonjour, Eliza, lança Candy, hors d'elle.

– Tu n'as pas dit à Patty que chez nous, tu étais chargée de nettoyer les écuries ?

– Non ! Parce que c'est faux ! Je n'ai jamais fait ce travail, même si je logeais dans les écuries. D'ailleurs, Patricia comprendrait... Elle aime les chevaux, elle aussi !

– Terry Grandchester comprendrait aussi, bien sûr ! lança Eliza à l'adresse d'un garçon qui passait près du petit groupe. Son père, le duc de Grandchester, possède les haras les plus fameux d'Angleterre ! N'est-ce pas, Terry ? poursuivit Eliza en prenant le garçon par le bras. Comment trouves-tu les filles d'écurie américaines ?

« Au fait, vous avez peut-être un prénom, mademoiselle ? » dit le garçon en souriant.

— Fort jolies ! Au fait, vous avez peut-être un prénom, mademoiselle ? dit le garçon en souriant.

— Miss Écurie ! répondit Eliza. Un prénom qui lui va à ravir, n'est-ce pas ?

— Je m'appelle Candy...

— Candy... répéta Terry. Quel prénom étrange ! L'Amérique est un bien curieux pays... »

La récréation terminée, Candy regagna sa chambre pour terminer son installation tandis que ses camarades se rendaient à leur cours de danse. A peine s'était-elle engagée dans le couloir qui y conduisait qu'elle se sentit happée par de solides poignes. Elle poussa un cri de douleur... Des ongles acérés lui labouraient les avant-bras, on lui tirait les cheveux, on cherchait à la faire tomber... Une voix aigre s'éleva bientôt. Une voix qu'elle n'eut aucun mal à identifier.

« Alors, tu fais du charme à ce duc à la gomme de Terry ! lança Eliza, visiblement très en colère.

— Lâchez-moi ! cria Candy. Vous me faites mal !

— Tant mieux ! Ça t'apprendra à importuner ma sœur ! déclara Nil.

— Avec une poignée de cheveux en moins, ce crétin de Terry te trouvera moins jolie ! hurla Eliza. "Au fait, vous avez peut-être un prénom !" fit-elle en imitant l'accent du jeune duc. Il ne va tout de même pas s'intéresser à une enfant trouvée ! D'ailleurs, je me débrouillerai pour te faire renvoyer ! Les enfants abandonnés n'ont rien à faire ici ! Il y a des foyers du genre de la pension Pony, pour eux, et c'est bien suffisant !

— Les prétentieux de votre espèce n'ont pas leur place au collège Saint-Paul ! coupa une voix sèche. Et les enfants trouvés méritent de s'y trouver tout autant que les "ducs à la gomme" !

— Terry ! cria Eliza, comment peux-tu prendre la défense de miss...

— De miss Taches-de-Son, tu veux dire ? Mais, parce qu'elle est charmante, et bien éduquée ! Voilà tout ! »

Sans rien ajouter, Terry entraîna Candy dans l'escalier. Il allait lui faire visiter le parc du collège. La fillette eut beau protester, il ne voulut rien entendre : le fameux règlement qui terrorisait Patty ne semblait pas effrayer Terrence Grandchester !

***

Bientôt, Candy eut l'impression d'avoir toujours vécu dans ce collège où, malgré une discipline sévère, les élèves étaient traités avec beaucoup d'égards. La danse, la musique et l'aquarelle tenaient une grande place dans l'emploi du temps ; s'y ajoutaient des cours de français et d'anglais. Mais c'est surtout l'étude des sciences naturelles qui passionnait Candy : la biologie, en particulier, comblait sa curiosité. L'idée qu'elle pourrait devenir infirmière, plus tard, s'imposait à cette élève studieuse. Un vieux rêve... Un de ces rêves si forts qu'aucun obstacle ne pourrait entraver sa réalisation. Mais, pour l'instant, Candy n'était qu'une petite fille appliquée. L'avenir dirait si ce rêve se réaliserait...

Terry n'était pas étranger au bonheur de Candy. Peu à peu, elle avait su se faire un ami de ce garçon réservé. Il pouvait se montrer très chaleureux et expansif puis, tout à coup, sombrer dans une profonde mélancolie. La fillette ne le forçait pas à sortir de sa réserve ; elle préférait attendre que Terry veuille bien se confier à elle. Bien sûr, il avait, lui, une vraie famille... Enfin, un semblant de famille.

Un père très autoritaire, passionné de chevaux, qui n'adressait la parole à son fils que pour le réprimander. Une mère, très belle... Une mère que Terry ne voyait presque jamais. Et il avait fallu des trésors de patience – et de ruse – pour que Candy parvienne à lui tirer quelque confidence au sujet de cette femme. La mère de Terry, d'une grande beauté, n'était autre que l'actrice Eleonor Baker. Et Terry rêvait de lui ressembler. Il voulait devenir acteur lui aussi. Dès qu'il pourrait se soustraire à la tutelle de son père, il irait rejoindre sa mère qui vivait aux États-Unis.

Capucin, retrouvé par Stair, avait regagné sa cachette ; bien sûr, le petit animal ne rêvait que de liberté, et Candy avait du mal à veiller à ce qu'il ne lui échappe pas à nouveau.

De temps en temps, Mlle Pony donnait des nouvelles du foyer, et Candy s'empressait de répondre à la foule de questions qu'elle lui posait au sujet de sa nouvelle vie.

Une immense joie avait comblé la fillette... Annie, son amie de la pension Pony, était arrivée à son tour au collège Saint-Paul pour y parfaire son éducation... Les deux camarades qui s'aimaient comme de vraies sœurs, avaient ressenti un grand bonheur, le jour de leurs retrouvailles. Malgré un long silence imposé par la famille Brighten qui avait interdit toute correspondance entre elles, Candy et Annie avaient l'impression de ne s'être jamais quittées ! Annie Brighten et Candy Fleur-de-Neige étaient sans doute les élèves les plus heureuses du collège !

Ce bonheur aurait pu durer longtemps, pour Candy, mais la perfide Eliza veillait... Et elle s'était juré de lui faire le plus de mal possible.

« Comme nous allons bien nous amuser, ce soir ! » lança Candy en aidant Annie à dénouer un volumineux paquet enrubanné que lui avaient envoyé ses parents adoptifs.

« Ce soir ? Mais, tu sais bien que tu es punie ! Quant à moi, je me demande si je m'amuserai beaucoup ! Je ne peux supporter l'idée de te savoir privée du bal annuel du collège...

— A cause de ce cafard d'Eliza ! coupa Candy. Avoue qu'elle est maligne ! Elle a pensé que je devais être venue au collège avec Capucin, et elle est arrivée à trouver où je le cachais !

— Et elle s'est empressée d'aller chercher sœur Grey pour lui montrer ton raton laveur ! D'ailleurs, elle n'avait pas le droit d'entrer dans ta chambre et de la fouiller ! protesta Annie.

— Avec Eliza et son frère, il faut s'attendre à tout !

déclara Patty en entrant dans la chambre. Ma pauvre Candy, comme je te plains ! Pour une fois qu'on a l'occasion de se distraire un peu !

– Allez-vous cesser de me plaindre, toutes les deux ! s'écria Candy avec un sourire. Qui vous a dit que je n'assisterai pas à ce bal ? Même si sœur Grey me l'a interdit... »

Les deux amies restèrent muettes d'étonnement. Si Candy désobéissait, elle risquait de se faire renvoyer. Aucun doute là-dessus ! Des cris d'admiration saluèrent la découverte que les trois fillettes firent bientôt. M. et Mme Brighten avaient envoyé deux magnifiques costumes pour le bal masqué. Une habit de Roméo, et un autre de Juliette, avec une opulente perruque du blond vénitien le plus pur...

L'un était destiné à Annie, l'autre à Candy, avaient-ils précisé. La cloche, annonçant qu'il était temps que les élèves se préparent, sonna tout à coup. Patty et Annie se précipitèrent dans leur chambre en pépiant comme des moineaux.

Lorsque l'horloge de la cour d'honneur du collège égrena les dix coups, l'orchestre attaqua la première valse dans la salle de bal brillant de mille feux. Un tourbillon de robes s'élança sur le parquet ciré... Bergères, pages et petits marquis envahirent la salle, sous le regard sévère de sœur Grey, bien entendu...

« Eh bien, Terry, tu ne m'invites pas ? demanda un Roméo en s'approchant d'un mousquetaire qui semblait rêver à quelque dame absente de la fête.

— Roméo doit inviter Juliette, c'est bien connu ! répliqua le mousquetaire. Et puis, Roméo ne peut danser avec un autre garçon !

— Terry... Tu ne m'as pas reconnue ?

— Candy ! Ça alors ! Je te croyais punie ! J'avoue que tu es méconnaissable ! »

Tandis que Terry entraînait Candy sur la piste, une marquise à la perruque poudrée quittait la salle et courait vers le bureau de sœur Grey, qu'elle avait vue partir. Une marquise au regard dur, lançant des éclairs de méchanceté. Cette fois, elle la tenait, sa vengeance ! Candy avait désobéi... Eliza avait reconnu sa voix, lorsqu'elle avait parlé à Terry. Elle paierait très cher son effronterie...

« Voyons, Eliza, tu dis des sottises ! lança la religieuse lorsque la fillette lui eut raconté ce qu'elle avait vu. Candy se trouve dans sa chambre !

— Sœur Grey, je vous assure que vous faites erreur ! Candy danse, en ce moment, avec Terry !

— Tu as dû te tromper ! Enfin, puisque tu insistes...

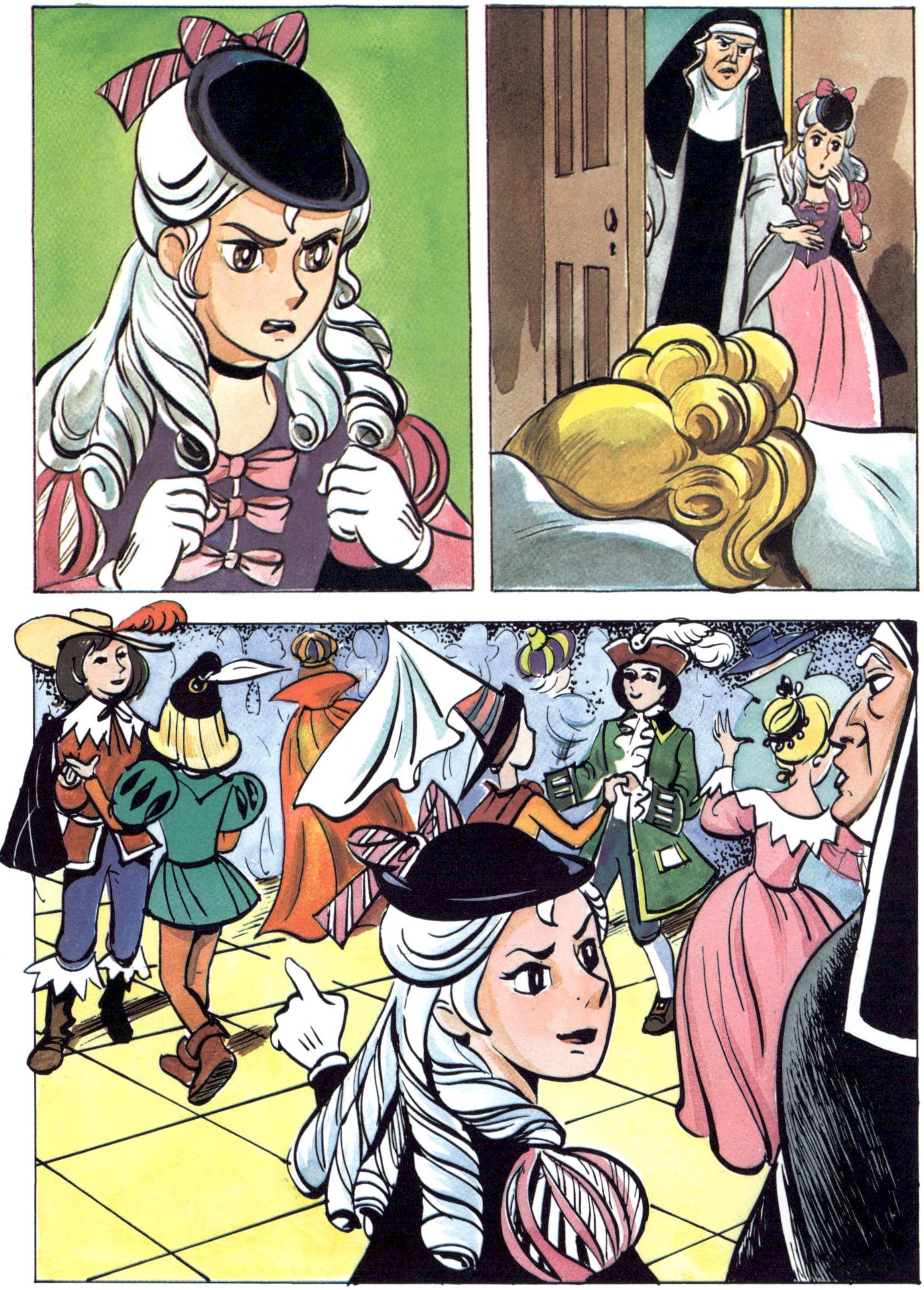

Allons jusqu'à la chambre de ta camarade, et tu verras qu'elle est en train de dormir ! Elle a d'ailleurs bien mérité sa punition !

– Vous pouvez le dire ! » jeta Eliza avec un sourire mauvais.

Quelques instants plus tard, sœur Grey poussa la porte de la chambre de Candy... Elle resta sur le seuil, tandis qu'Eliza, près d'elle, sentit le sol se dérober sous ses pas. Sous la couette moelleuse se devinait la forme d'un corps... Une profusion de boucles blondes s'étalait sur l'oreiller. Candy reposait. Eliza s'était trompée.

Fortement réprimandée par sœur Grey, la fillette eut tout le loisir de réfléchir à cette histoire puisqu'elle fut privée de bal. Avait-elle rêvé ? Cette question harcelait son esprit sans qu'elle parvienne à y répondre...

Non, Eliza n'avait pas rêvé... Le corps qu'elle avait cru voir était en réalité un polochon dissimulé sous les couvertures. Les boucles blondes, Candy les avait empruntées à la perruque de Juliette. Heureusement que sœur Grey n'était pas curieuse ! Cette nuit-là, Candy dansa sans arrêt avec Terry... La haine d'Eliza pour Candy ne connut désormais plus de bornes... Elle mit au point un plan diabolique pour se débarrasser de sa rivale. Une machination qui, cette fois, réussit.

« Je vous l'avais bien dit, sœur Grey, que Candy et Terry se retrouvaient tous les soirs ici ! jeta la fillette en entrant dans l'écurie du collège avec la religieuse.

– Tous les soirs ! s'exclama le garçon, stupéfait. Mais c'est la première fois !

– Peu importe ! coupa la supérieure. Vous serez puni ! Quant à vous, Candy, je vous renvoie !

– Et pourquoi ne me renvoyez-vous pas, moi aussi ? demanda Terry, visiblement très en colère.

– Vous n'avez pas à discuter ma décision ! cria la religieuse. Cela ne vous regarde pas ! Quel impertinent ! Un Grandchester sait accepter le châtiment, sans discuter ! Surtout quand il l'a mérité !

– Justement, j'ai mérité d'être renvoyé ! dit Terry. Et je vais vous avouer que je sais très bien pourquoi vous ne le faites pas !

– Je vous interdis...

– Tant pis ! Vous ne me renvoyez pas parce que vous craignez que mon père ne vous refuse, par la suite, les sommes d'argent qu'il vous donne généreusement pour vous aider à faire vivre le collège !

– Oh ! souffla la supérieure, rouge d'indignation.

– Les Grandchester sont les bienfaiteurs du collège Saint-Paul depuis des générations, poursuivit le garçon. N'ayez crainte, sœur Grey, mon père ne faillira pas à la règle ! Même si vous me renvoyez ! D'ailleurs, je partirai dès demain ! J'en ai assez de ce collège !

– Montez dans vos chambres ! ordonna la religieuse. Nous reparlerons de cela demain...

– Espèce de cafard ! lança Candy à Eliza qui triomphait. Tu me paieras cela !

– Taisez-vous ! Eliza est une fillette obéissante !

– Mais un sale cafard quand même, dit Terry. Un mot encore, sœur Grey... Je comprends tout, maintenant – il sortit une lettre de sa poche –, Eliza a imité mon écriture, Candy, en écrivant ce message qui disait que tu souhaitais me rencontrer ici, ce soir !

– Et elle a fait de même sur la lettre qui m'invitait à

venir te retrouver ici ! Regarde, on dirait bien que c'est toi qui l'a écrite ! »

Eliza ne put pas nier. Sœur Grey, hors d'elle, envoya tout le monde se coucher.

Mais Candy ne lui laissa pas le loisir de lui faire de nouveaux reproches. Pas plus qu'elle ne laissa à Eliza la joie de savourer sa vengeance en sa présence... Au petit matin, une frêle silhouette se faufila dans la cour. Passant sous la fenêtre du dortoir des garçons, Candy leva les yeux.

« Tu pars ? demanda une voix douce.
– Oui... Au revoir, Terry.
– A bientôt, Candy.
– A bientôt ?
– En Amérique... Je m'embarquerai, le plus tôt possible... J'irai vivre auprès de ma mère... Je ferai du théâtre, comme elle. Tant pis, si les Grandchester se croient déshonorés de compter un acteur dans leur famille, eh bien, je changerai de nom !
– A bientôt, Terry, murmura Candy. Moi aussi, je rentre en Amérique. Tu es content, Capucin, n'est-ce pas ? »

CHAPITRE IV

Qu'elle est loin, l'Amérique !

« Capucin, nous allons nous reposer dans cette grange ! dit Candy. Demain, nous poursuivrons notre route... Destination Southampton ! Je me demande comment je ferai pour payer mon billet, pour la traversée jusqu'à New York... Enfin, on verra bien !

— Ma grange n'est pas un abri pour les vagabonds ! lança une voix aigre, derrière une meule de foin. Filez tout de suite, ou j'appelle la police !

— Mais, monsieur... Une nuit, seulement ! Nous sommes si fatigués !

— Je ne veux pas le savoir ! Déguerpissez ! Et vous, les

enfants, rentrez à la maison ! Vous avez assez travaillé pour aujourd'hui ! » ordonna l'homme au visage dur, qui se tenait devant Candy, en s'adressant à trois bambins occupés à égrener des épis de maïs dans un appentis accolé à la grange.

« Père, nous pouvons retourner au chevet de Suzy ? demanda un petit garçon. Elle est si malade...

– Oui, Sam ! Et fais pour le mieux ! Je vais jusqu'au village... Des copains m'attendent au café ! Ça me changera les idées... Quant à vous, je vous conseille de filer ! jeta-t-il à Candy. J'en ai assez, de cette marmaille autour de moi !

– Suzy... Malade... balbutia Candy.

– Cela ne vous regarde pas ! En route ! »

L'homme s'enfonça dans le bois en se retournant de temps en temps pour vérifier si la fillette avait bien pris la grand-route puis, sans doute rassuré, il disparut au détour du sentier. Candy ne parvenait pas à se décider à s'éloigner de l'endroit. Pensive, elle marchait à pas lents, quand une petite voix la fit sursauter.

« Mademoiselle...

– Eh bien, Sam, qu'est-ce qui ne va pas ?

– Ma sœur, Suzy... Elle est très malade... Et papa ne veut pas appeler le médecin...

– Quelle idée ! Et pour quelle raison ?

– Il dit que le médecin risque de la faire mourir... Comme maman, l'année dernière...

– Viens ! jeta Candy en entraînant le garçon. Nous allons chercher le médecin du village !

– Si papa l'apprend, il sera très fâché !

– On verra bien ! Assez de temps perdu comme ça ! »

Coupant à travers champs, Candy et Sam parvinrent

très vite au village, désert à cette heure avancée de la soirée. Derrière les vitres embuées du café, des silhouettes se dessinaient ; Sam serra plus fort la main de Candy, lorsqu'ils longèrent sa devanture. A quelques pas de là, la maison du médecin...

Candy frappa à la porte et dès qu'une femme parut sur le seuil, elle lui exposa les raisons de cette visite tardive.

« Je ne me dérangerai jamais pour ce sauvage de Carson ! hurla une voix d'homme, du fond du corridor.

— Il s'agit de la petite Suzy, commença l'épouse du médecin. Tu devrais...

— Inutile d'insister ! Ce vieil original m'a traité d'assassin, à la mort de sa femme ! J'ai tenté l'impossible, pour la sauver ! Moi, un assassin !

— Monsieur, insista Sam. C'est urgent ! Suzy a beaucoup de fièvre...

« On ne peut pas la laisser sans soins ! jeta Candy, que l'attitude du praticien mettait hors d'elle. Vous n'en avez pas le droit ! Un médecin ne peut refuser de secourir un malade !

— Vos commentaires ne m'intéressent pas, mademoiselle. Je vous souhaite le bonsoir ! »

Le bruit d'une porte, refermée avec force, au fond du couloir, fit comprendre à Candy qu'il n'y avait plus rien à espérer. Avec beaucoup de douceur, l'épouse du médecin demanda à Sam de lui décrire les symptômes de la maladie de Suzy.

« Ta petite sœur a la rougeole ! dit Candy. Allons, Sam, ne t'inquiète pas ! Ce n'est pas très grave !

— Félicitations pour ce diagnostic ! déclara la jeune femme.

— A la pension Pony, il y avait souvent des cas de rougeole...

— A la pension Pony ?

— Oui, en Amérique... »

L'épouse du médecin ne chercha pas à en savoir davantage et confia quelques médicaments de première urgence aux deux enfants.

Quelques instants plus tard, Candy donna unewbonne cuillerée de sirop à la petite Suzy, une délicieuse fillette de trois ans aux boucles brunes. Elle la fit boire, changea les draps de son lit, trempés de sueur.

« Mais tu te débrouilles comme une maman ! lança Sam.

— Comment tu t'appelles ? demanda un autre bambin.

— Candy !

— Quel joli nom ! Tu vas rester longtemps avec nous,

n'est-ce pas ? Quand papa verra que tu es si gentille, il ne te chassera pas ! »

La porte d'entrée grinça tout à coup sur ses gonds. Les enfants restèrent pétrifiés.

« Qui t'a permis ? lança M. Carson, visiblement très fâché. On n'entre pas chez les gens sans y avoir été invité ! Je croyais t'avoir dit de filer !

– Votre petite Suzy, monsieur... commença Candy.

– Qu'est-ce que je vois ? rugit l'homme en se précipitant sur la table de chevet de sa fille. Des drogues ! Du poison, tout ça ! »

Poussée par une force incontrôlée, Candy s'empara des médicaments que cette brute s'apprêtait à jeter.

« Suzy a la rougeole ! cria-t-elle. Avec ces remèdes, elle ira beaucoup mieux, dès demain...

– C'est cet âne de "toubib" qui t'a mis cette bêtise dans le crâne ?

– Monsieur Carson, je vous assure que votre petite fille guérira très vite.

– Enfin, si tu y tiens... Pourquoi pas... dit M. Carson. Je suis tellement découragé... Pourquoi tant de malheur sur notre famille ? »

Au matin, un bruit de roues résonna sur les pavés de la cour. Candy et les enfants se précipitèrent à la fenêtre. A leur grande stupeur, ils virent le médecin descendre de sa voiture... Comment M. Carson allait-il l'accueillir ?

Une bordée d'injures salua l'entrée du praticien dans la maison. Le père de Suzy alla même jusqu'à se mettre au travers de la porte de la chambre de la malade pour en interdire l'accès. Candy tenta de le ramener à la raison... Peu à peu, touché, il se radoucit. Suzy allait mieux...

Cela, il le devait tout de même au dévouement de Candy.

« Assez d'enfantillage, Carson ! lança le médecin. Je n'ai pas fermé l'œil de la nuit ! Laissez-moi ausculter votre enfant !

— Je crois que ma petite Suzy est guérie, dit le paysan. Et vos drogues n'y sont pour rien... Absolument pour rien... déclara-t-il en ouvrant la porte. C'est Candy, qui l'a guérie !

— Possible ! » admit le praticien.

Lorsqu'il eut examiné la malade, il convint qu'elle était sur le chemin de la guérison. Dans quelques jours, les boutons disparaîtraient... Il fallait du repos, au calme.

« Félicitations à notre petite infirmière ! jeta le médecin avec un bon sourire. N'hésitez pas à m'appeler en cas de besoin !

— Suzy est une malade très facile... répondit Candy. Je n'ai aucun mérite !

– On dit ça... On dit ça... plaisanta le praticien en rangeant ses instruments. Tu ferais une excellente infirmière. C'est l'évidence !

– Docteur, avoua Candy, c'est... C'est le métier dont je rêve !

– Eh bien, bon courage ! Je suis sûr que tu es capable de réaliser ce rêve ! »

Peu à peu, Suzy reprit des forces. Les soins dont l'entourait Candy faisaient merveille. La famille tout entière semblait avoir retrouvé la joie de vivre. M. Carson, au fond, n'était pas mauvais... Il manquait à cet homme rude, marqué par le malheur, les mots pour exprimer ce qu'il ressentait. Et c'est avec beaucoup de maladresse qu'il expliqua à Candy qu'il était temps de les quitter : les enfants risquaient de trop s'attacher à cette petite maman si attentive à leur bonheur... Il lui confia une lettre, destinée à l'un de ses amis, un certain Juskin, armateur à Southampton. A coup sûr, il accepterait de l'aider. Le cœur serré, Candy quitta la famille Carson après avoir fait aux enfants la promesse, maintes fois renouvelée, de leur écrire souvent... De revenir, peut-être un jour... Ou de les accueillir, en Amérique.

Southampton n'était qu'à une dizaine de kilomètres de là. Candy et Capucin montèrent dans le train qui assurait la liaison tandis que de petites mains agitaient des mouchoirs blancs qui se perdirent bientôt dans le lointain.

Comme ce port parut triste et sale à Candy ! Encore plus triste, et plus sale que le jour de son arrivée en Angleterre ! Une seule pensée parvenait à lui redonner un peu de courage... De l'autre côté de la mer, il y avait l'Amérique... Mlle Pony et sœur Maria... Terry, peut-être...

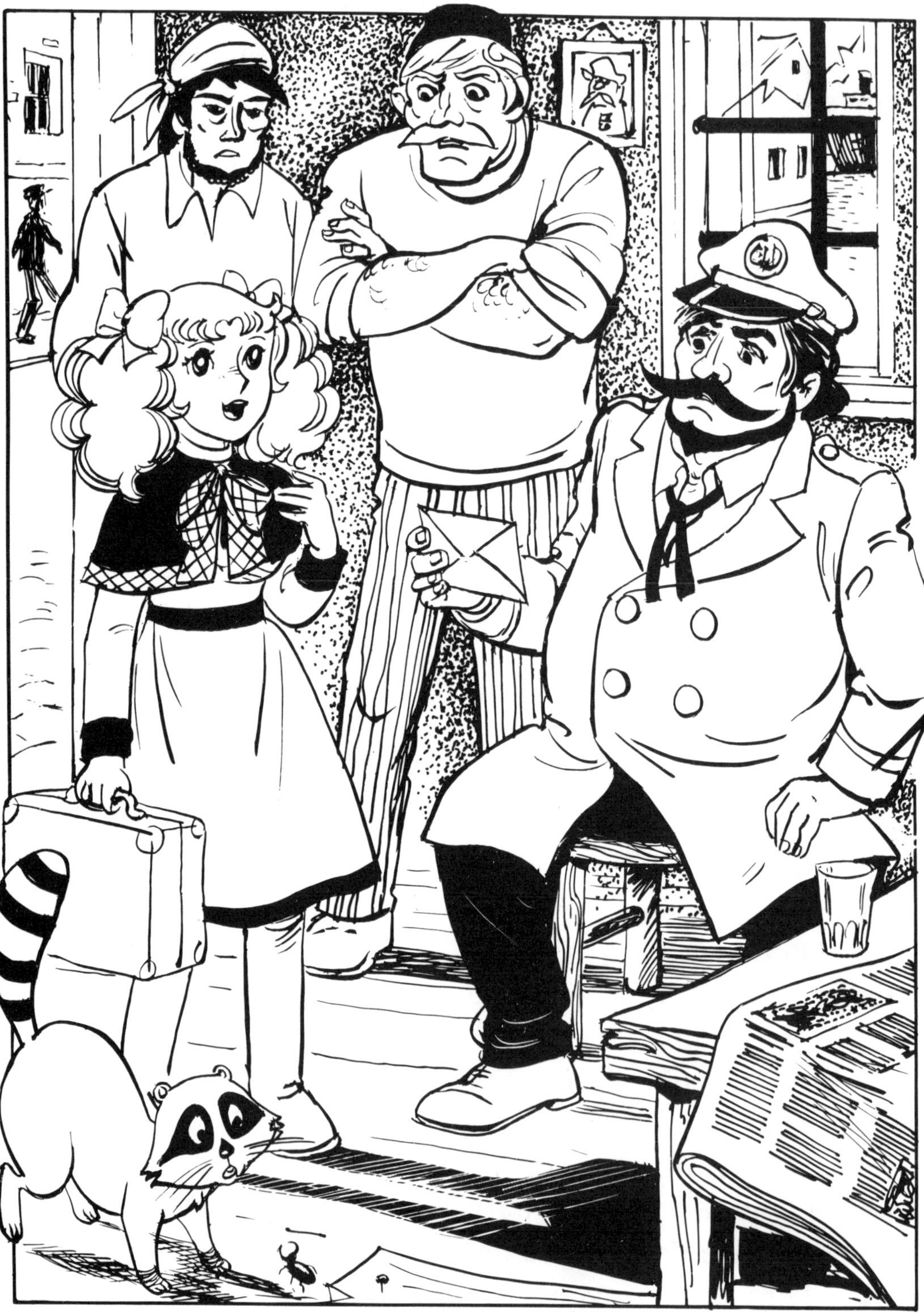

En fait de grand armateur, M. Juskin n'était qu'un modeste propriétaire de bateau au bord de la faillite. Lorsque Candy lui remit la lettre du fermier, il éclata de rire... Les deux hommes s'étaient rencontrés dans une taverne ; il avait un peu... exagéré, histoire d'épater M. Carson ! Il avait bien un vieux rafiot, un caboteur à demi dévoré par la rouille ! Et il aurait été bien incapable d'affronter l'océan...

Une pensée s'imposa vite dans l'esprit de Candy : elle embarquerait à bord d'un paquebot en partance pour New York, coûte que coûte ! Une jeune fille et un raton laveur, ça doit passer inaperçu, sur ces géants des mers ! Ils feraient tous deux la traversée en passagers clandestins ! Ou, plus exactement, tous les trois : un garçon, rencontré sur le quai, qui rêvait lui aussi de monter à bord, s'était joint à Candy et Capucin. Cooky n'avait pas d'argent... Son seul trésor, un harmonica, offert par un voyageur partant pour les Etats-Unis. Un voyageur qui s'appelait Terrence Grandchester...

*
**

Si l'embarquement sur un cargo, le *Seagull*, se passa sans incident, le trio dut vite se rendre à une triste évidence : les quelques pommes qui constituaient leurs seules réserves furent vite englouties... Ils avaient faim. Très faim.

« Je vais faire un tour du côté de la cambuse ! décida Cooky. Les paquebots, ça me connaît ! J'en suis à ma troisième traversée !

— N'oublie pas que les deux premières ont échoué et

que tu t'es fait repérer ! Nous ne sommes pas encore très loin de la côte ! On pourrait te ramener à terre, avec une vedette !

– Ne t'inquiète pas ! Il y a une foule de cachettes, dans un bateau ! »

Sans plus attendre, le garçon quitta la cale où ils s'étaient cachés. Candy se blottit dans un coin avec Capucin et attendit. Elle jugeait la tentative de Cooky fort risquée, mais, d'un autre côté, elle aurait bien mangé quelque chose avec plaisir... Cette attente se révéla bientôt insupportable. Cooky ne revenait pas.

Soudain, le tintement d'une cloche, atténué par la distance, parvint du pont supérieur. Un bruit de pas pressés retentit dans la coursive. Des exclamations, des cris... Jusqu'au bruit des machines, qui semblait changer. Le navire trembla de toute sa carcasse de métal, puis s'arrêta.

« Au secours ! Je me noie ! Vite ! »

C'était la voix de Cooky. Candy sentit un frisson la parcourir. Elle bondit hors de sa cachette, ouvrit avec précaution la porte qui fermait la cale et écouta.

« Au secours ! »

Cooky serait-il tombé à la mer ? Lui qui rêvait de devenir marin ! Un futur marin ne tombe pas d'un paquebot !

« Je me noie ! »

Cette fois, Candy monta à toute vitesse l'étroit escalier qui conduisait aux ponts supérieurs. Elle avait le sentiment qu'il se passait quelque chose de grave... Et elle ne prit même pas le temps de penser aux dangers qu'elle courait.

Le vent d'hiver poussait des nuages noirs, dans le ciel ; à l'horizon se dessinaient les contours estompés des côtes anglaises. La mer s'agitait, comme si une tempête se préparait.

« Cette fois, il aura compris ! ricana un marin. Ce gamin traîne toujours sur le port pour essayer d'embarquer...

– Bon voyage, le navigateur solitaire ! lança un autre avec un énorme éclat de rire cruel.

– Vous n'avez pas le droit ! hurla Candy qui réalisait ce qui se passait. Vous ne voyez pas qu'il est en train de se noyer ?

– Mais... nous ne savions pas que... que la fille du commandant était à bord ! balbutia un loup de mer à la barbe de braise.

– Ça alors ! s'étonna un autre. Le "vieux" aurait pu nous le dire !

– Ne vous inquiétez pas, mademoiselle, dit un marin, avec un large sourire. En quelques brasses, si ce vaurien a un peu de cran, il aura regagné la côte ! Sinon... tant pis pour lui ! Quand on veut devenir marin, il ne faut pas manquer de courage.

– Vite ! Un cordage ! » hurla Candy sans prêter attention aux commentaires des hommes qui semblaient tout à fait indifférents au sort du malheureux Cooky. Et, comme aucun d'entre eux ne manifestait le moindre signe de pitié pour le garçon, elle saisit un filin enroulé sur le pont et le jeta au naufragé. Les marins, étonnés par l'audace de Candy, s'approchèrent du bastingage...

« Ce garçon risque une crise cardiaque ! Et vous ne faites rien ! cria Candy. Quand je dirai ça à "mon père", il ne sera pas très fier de son équipage ! ajouta-t-elle, hors d'elle.

– Mais, mademoiselle, c'est le commandant qui a ordonné lui-même de jeter ce garçon à la mer ! Il a horreur des passagers clandestins ! Et ce gamin n'en est pas à son coup d'essai !

– L'eau est glacée ! C'est inhumain, d'abandonner quelqu'un en pleine mer ! Aidez-moi, au lieu de rester sans rien faire !

– Voilà, petite demoiselle ! jeta un marin. Il a agrippé le filin : on va le hisser à bord ! »

En effet, quelques instants plus tard, Cooky, blême de froid – et de peur, peut-être aussi – était étendu sur le pont.

« Candy ! réussit-il à articuler lorsqu'il eut repris son souffle. Pourquoi es-tu sortie de ta cachette ? Quelle imprudente !

– Ne te fais pas de souci... Laisse-moi te soigner, murmura la fillette. Ils n'essayeront pas à nouveau de te jeter à la mer, ils me prennent pour la fille du capitaine, poursuivit-elle à l'oreille du garçon.

– C'est grave, mam'selle ? demanda un marin. Il a l'air à bout de forces !

– Je ne sais pas, répondit Candy. De toute façon il était temps ! Transportez-le à l'infirmerie... Une fois au chaud, il ira déjà mieux... Un bol de bouillon lui fera le plus grand bien.

– Le coq en a sûrement, dans sa cambuse ! Je m'en occupe ! » lança un mousse en se précipitant vers l'échelle qui menait à la cuisine.

Cooky avait eu plus de peur que de mal. Une fois réconforté, il s'endormit dans la douce chaleur de l'infirmerie. Candy, assise à son chevet, veillait sur son sommeil quand la porte de la cabine s'ouvrit. Avec un sourire nar-

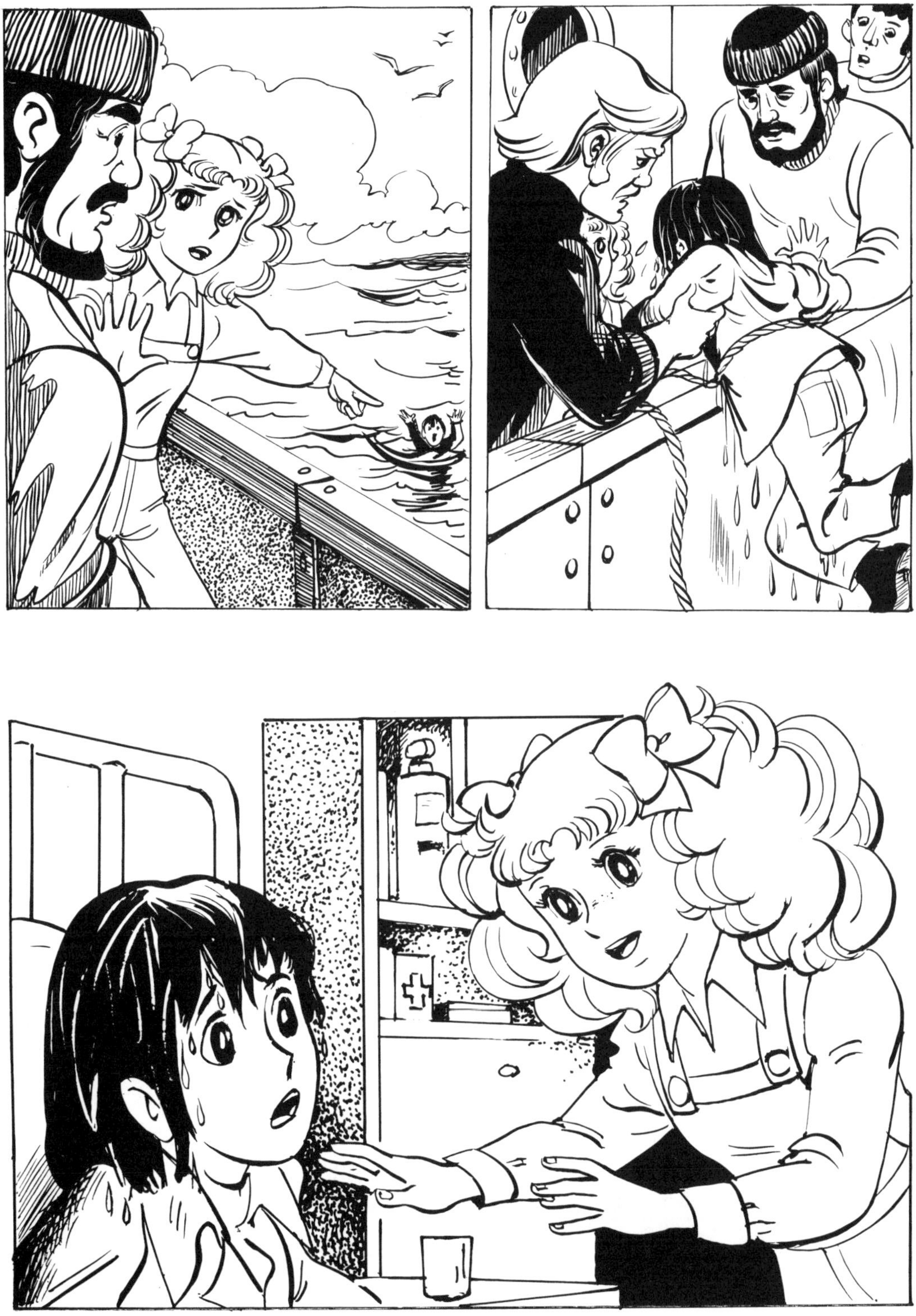

quoi, un marin déclara que le capitaine Nieven, heureux de savoir sa fille à bord, voulait la voir immédiatement... Candy eut un frisson de crainte. Certes, elle n'était pour rien dans ce quiproquo, puisque c'étaient les marins eux-mêmes qui l'avaient prise pour la fille du commandant, mais n'avaient-ils pas dit que cet homme avait horreur des passagers clandestins ? Elle supplia le matelot de ne pas éveiller Cooky : il avait eu assez d'émotions ce jour-là !

En arrivant devant la porte du carré des officiers, Candy eut l'impression que son cœur allait éclater, tant il battait fort.

« Ainsi, vous vous faites passer pour ma fille ! rugit l'homme au regard dur qu'elle vit, assis derrière une table d'acajou.

– C'est que... capitaine... Les marins ont cru... balbutia Candy.

– Ils n'ont rien cru du tout ! L'équipage sait bien que ma fille est à New York ! A l'école ! C'est une enfant sérieuse, pas une de ces dévergondées de votre espèce qui s'aventurent dans des endroits peu faits pour leur âge ! Vous devriez être en classe, mademoiselle ! Vous avez fait une fugue, j'imagine ! Et vous voulez voir du pays sans bourse délier ! Eh bien, sachez que le capitaine Nieven n'aime pas les paresseux ! Et encore moins les menteurs ! Dans une heure au plus tard, vous quitterez ce cargo... Avec votre ami !

– Dans une heure... répéta Candy.

– Bien entendu ! Je ne supporterai pas davantage votre présence à bord ! Si vous vouliez effectuer la traversée, il fallait acheter un billet ! Et un cargo ne transporte pas de passagers, vous ne devez pas l'ignorer, je suppose ! Un navire faisant route vers l'Angleterre va se trouver dans les parages et je vous ferai passer à son bord !

— Capitaine, je vous en supplie ! Ne me renvoyez pas en Angleterre ! Il faut absolument que je regagne les Etats-Unis ! Cooky et moi, je vous l'assure, nous passerons inaperçus ! Nous ne vous importunerons pas !

— On ne discute pas les ordres du capitaine Nieven, sachez-le, mademoiselle. Je vous prie de sortir, maintenant, j'ai à faire ! »

Candy, le cœur serré, regagna tout de suite l'infirmerie. En la voyant entrer, Cooky poussa un soupir de soula-

gement. Depuis son réveil, il se demandait où son amie avait bien pu passer. Mais à l'air sombre de Candy, il devina que quelque chose de grave était arrivé... A peine lui eut-elle appris que le commandant avait l'intention de les confier à un navire à destination de l'Angleterre, qu'il se précipita dans le bureau. Il eut beau supplier, rien n'y fit.

Lorsqu'un bateau de pêche se profila à l'horizon, Candy et Cooky se sentirent désespérés. Sur le pont, on s'apprêtait à mettre une chaloupe à l'eau... Bientôt, un marin vint avertir les deux enfants qu'ils devaient quitter l'infirmerie. D'un instant à l'autre, on les transborderait. Candy se précipita dans la cale pour y chercher Capucin, qui attendait sagement le retour de sa maîtresse, et remonta.

Un vent aigre soufflait par rafales, soulevant de grosses vagues. La forte houle ne rendrait sûrement pas facile la traversée jusqu'à l'autre bateau.

« Vous savez ce que vous êtes, capitaine ? hurla Cooky, blême de colère. Vous êtes une tête de mule ! Et votre navire, c'est un tas de ferraille ! Un vieux sabot !

— Assez perdu de temps ! cria le commandant. Embarquez-moi ces deux gamins !

– Au revoir, capitaine, dit Candy. Ne nous en veuillez tout de même pas trop ! Nous vous avons causé bien du tracas...

– Tu as tort de faire des politesses à cette tête de mule ! confia Cooky à son amie. Mais, tu peux me croire, je me vengerai ! »

Dissimulant Capucin de son mieux, Candy prit place dans la chaloupe. Cooky la suivit, et le marin chargé de les accompagner commença à ramer en direction du chalutier. Les vagues se faisaient plus fortes... La tempête ne tarderait pas à se lever.

« Regardez ! cria tout à coup Cooky. On hisse un pavillon, sur le navire qui nous attend !

– En effet, constata le matelot. Dans un instant, nous saurons ce qu'il signifie...

– Départ immédiat ! Voilà ce qu'il veut dire, lança le garçon quand le drapeau fut complètement déployé. Que chacun regagne son bord...

– Tu as raison, déclara le marin. Il ne faut pas hésiter, il y a sûrement une raison... Nous retournons sur le *Seagull* ! »

Quelques instants plus tard, en effet, la tempête se déchaîna. Des gerbes d'eau s'abattirent sur le pont du *Seagull*, balayant tout sur leur passage. Les deux enfants et le matelot eurent tout juste le temps de regagner le bord... Le capitaine Nieven donna ordre d'arrimer les caisses entreposées dans la cale afin qu'elles ne mettent pas l'équilibre du cargo en danger. Cooky voulut prêter main-forte à l'équipage, et on accepta son aide de bon cœur... Il fallait faire vite ! Soudain, un coup de roulis projeta une caisse sur le garçon. Elle s'abattit sur le malheureux Cooky avant qu'il ait pu tenter d'y échapper. Serrant les dents pour ne pas crier, il devint très pâle. Et, lorsque les marins le dégagèrent, il ne put s'empêcher de hurler, tant sa jambe le faisait souffrir.

« Vite, capitaine, l'eau monte dans la cale ! cria un matelot.

– Il n'y a pas de médecin à bord, dit le capitaine en quittant le blessé. Qu'on le transporte à l'infirmerie avec le plus de précautions possible ! Nous verrons ce qu'il convient de faire plus tard ! Pour l'instant, il faut colmater la brèche qui a dû s'ouvrir dans la coque ! »

Restée seule auprès de Cooky, Candy se mit en devoir de le soigner de son mieux. A la pension Pony, il arrivait souvent qu'un bambin se fracture un bras ou une jambe. Et Candy avait toujours suivi avec attention les gestes précis du docteur Lénart, le médecin du village, lorsqu'il tâchait de réduire la fracture. Poser des attelles ne présentait aucune difficulté ! A condition, bien sûr, que le patient soit docile. Or, Cooky n'arrêtait pas de bouger.

« Ne te donne pas tout ce mal ! gronda-t-il d'une voix sourde. De toute façon, avec une jambe cassée, je ne deviendrai jamais marin ! A moins qu'on ne me mette un pilon... Hélas, on n'est plus à l'époque des corsaires !

– Si tu trouves la force de plaisanter, c'est que tu vas mieux ! lança Candy. Qui t'assure que tu ne retrouveras pas l'usage de ta jambe ?

– Ce maudit sabot aurait bien pu couler ! Et son commandant avec ! s'écria le garçon. Et maintenant, laisse-moi seul !

– Pas avant d'avoir fini de poser les attelles ! jeta Candy avec assurance. J'en ai pour une minute ! »

Lorsqu'elle eut terminé, elle recouvrit Cooky d'un plaid et le quitta.

La tempête semblait se calmer un peu. L'équipage au grand complet s'activait toujours dans la soute. Alors, Candy eut une idée... Elle pensa à quelque chose qui, à coup sûr, ferait grand plaisir aux marins, lorsqu'ils pourraient enfin prendre un peu de repos... Elle allait leur préparer un bon potage.

« Hum ! Quel fumet ! lança le coq en entrant dans la cambuse quelques instants plus tard. Je n'oserai jamais servir un tel délice au commandant ! Il va me reprocher de ne pas lui en avoir confectionné de semblables plus tôt !

— J'ai fait cela histoire de m'occuper ! dit Candy en souriant. Cooky a dû s'endormir. Vous avez pu venir à bout de la brèche ?

— Terminé ! Il ne nous reste plus qu'à passer à table, si j'ai bien... senti ! plaisanta le capitaine Nieven, sur le seuil de la cambuse.

— D'où tiens-tu cette bonne recette ? demanda le cuisinier. Quel délicieux parfum !

— C'est Mlle Pony qui me l'a apprise. La directrice du foyer où j'ai été élevée... Je m'appelle Candy Fleur-de-Neige... Je suis orpheline, et je retourne auprès de Mlle Pony.

— Cette personne doit avoir beaucoup de cœur, dit le commandant. Pour inventer pareille merveille, il faut beaucoup de cœur... A table ! Au menu, consommé Candy !

— Je vais apporter un bol de potage à mon ami, dit la fillette.

— Excellente idée ! Nous t'attendons pour commencer notre repas ! » déclara le capitaine.

Candy resta pétrifiée, sur le seuil de la cabine qui faisait office d'infirmerie. Cooky avait disparu... Bien en évidence, sur la couchette, l'harmonica du garçon. Le cadeau de Terry...

Alors, tout se passa très vite. En un instant, Candy fut sur le pont. Les marins, alertés par ses cris, vinrent bientôt lui prêter main-forte. Cooky voulait se jeter par-dessus bord... Quand de solides poignes s'abattirent sur lui, le garçon comprit qu'il valait mieux renoncer.

« Cooky, tu ne seras jamais marin ! déclara le capitaine Nieven. Je m'étais laissé dire que c'était le métier dont tu rêvais...

— Tu vois, Candy, que j'avais raison ! gronda le garçon. Les marins qui n'ont qu'une seule jambe, personne n'en veut !

— Il ne s'agit pas de cela... poursuivit le commandant. Rien ne permet d'assurer que tu ne te serviras plus de ta jambe, d'ailleurs. Mais je vais te donner la vraie raison. C'est parce que tu es un lâche, que tu ne deviendras jamais marin ! Un marin doit savoir faire face aux difficultés, quelles que soient les circonstances !

— Capitaine Nieven, lança Cooky, la voix brisée par l'émotion et la fatigue, je n'oublierai jamais la leçon que vous venez de me donner ! Je serai marin, je vous le promets ! »

Lorsque le navire toucha terre, Candy sentit une immense joie l'envahir. Toutes les difficultés rencontrées pour arriver jusque-là ne seraient bientôt que de mauvais souvenirs qu'elle oublierait sans mal. Elle était arrivée au port... Le capitaine Nieven conduisit Cooky chez un spécialiste qui diagnostiqua une double fracture.

Soudain, un coup de roulis projeta une caisse sur le garçon.

« Qui a donné les premiers soins au blessé ? demanda le médecin.

— C'est moi, répondit Candy. Pourquoi ? Je m'y suis mal prise ?

— Bien au contraire, mon enfant ! Tu as fait exactement ce qui convenait.

— Docteur, il remarchera ?

— Bien entendu !

— Alors, je deviendrai marin ? fit Cooky, le visage inquiet.

— Ça, mon ami, je l'ignore ! Ça ne relève pas de ma compétence.

— Je crois que Cooky deviendra le meilleur marin du monde ! » dit le capitaine Nieven.

CHAPITRE V

Candy est revenue !

Une épaisse couche de neige recouvrait la campagne, lorsque Candy arriva enfin au village... Elle avait l'impression de ne l'avoir jamais quitté... Rien n'avait changé. M. Mathieu, le facteur, faisait toujours sa tournée en sifflotant et le brave homme fut très heureux, en apercevant la fillette. Elle s'empressa de regagner la pension Pony : une immense joie l'envahit lorsque, au détour de l'allée, se profila la grande maison de bois. Comme elle avait hâte de retrouver la douceur du foyer ! Les mille difficultés qu'elle avait supportées s'effacèrent en un instant...

Mlle Pony et sœur Maria partagèrent le bonheur de

leur petite protégée. Elle était là, rayonnante de joie... La directrice jugea qu'il valait mieux attendre, pour demander à Candy les raisons de ce retour inattendu. On verrait ça plus tard... Pour l'instant, il ne fallait à aucun prix troubler le plaisir des retrouvailles ! Les petits pensionnaires firent une immense ovation à leur amie retrouvée... Tom, le « frère » aîné de Candy, avait été adopté par un fermier des environs, et la fillette se promit d'aller lui rendre visite au plus tôt.

Si le bonheur de Candy était si grand, il faut dire qu'il y avait aussi une raison autre que celle de retrouver la pension Pony... Une raison tout à fait inespérée...

« Ainsi, sœur Maria, déclara-t-elle d'une voix émue, vous avez bien dit que vous avez reçu la visite d'un jeune homme... Il voyageait dans une calèche à la toile bleue, n'est-ce pas ?

— Mais oui, Candy ! C'est au moins la troisième fois que tu me poses cette question ! répondit la religieuse avec un sourire malicieux.

— C'est que... J'ai aperçu une voiture tirée par un cheval, au village, en arrivant... Il s'agissait sans doute de celle de votre visiteur, soupira la jeune fille.

— On peut dire que vous vous êtes manqués de peu ! avoua Mlle Pony. Quel dommage ! M. Terrence Grandchester aurait été heureux de te revoir, j'en suis sûre !

— Moi aussi, murmura Candy, les yeux lointains... Il a réussi, lui aussi... Il a réalisé son vœu le plus cher, venir en Amérique... Et vous avez dit qu'il a voulu aller dans le parc, voir le grand cèdre dans lequel j'aimais tant grimper ?

— C'est cela ! répondit sœur Maria. Il prétendait que sa camarade du collège Saint-Paul, à Londres, lui en avait

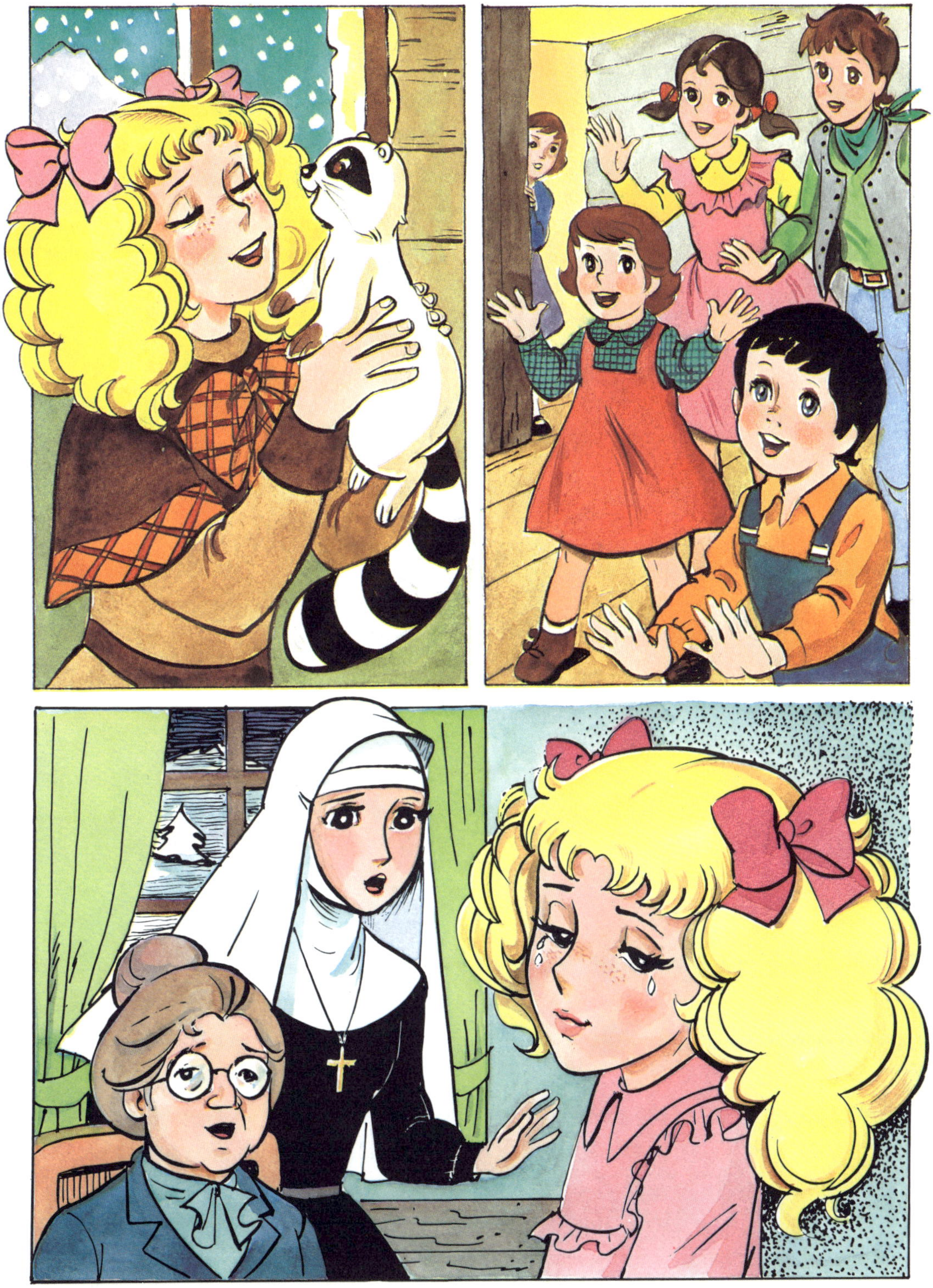

tant et tant parlé qu'il avait envie de connaître sa cachette préférée !

– Mais... Candy ! Tu pleures ? fit la directrice d'une voix douce.

– Pas vraiment, mademoiselle... Il neigeait, lorsque je suis arrivée, et si j'ai de l'eau dans les yeux, c'est qu'un flocon a dû rester dans mes cheveux. La douce chaleur de la pension Pony le fait fondre, maintenant...

– Il faut aller te reposer, mon enfant, dit la demoiselle. Tu dois être bien fatiguée... »

Longtemps après que Candy les eut quittées, les deux femmes restèrent à bavarder. Leur petite protégée n'avait pas changé ! Enfin, pas trop... Car, si elle avait gardé sa spontanéité et sa sensibilité, les questions qu'elle n'avait cessé de poser au sujet de Terry prouvaient qu'elle n'était plus une petite fille. Désormais, elle aurait besoin de conseils discrets, d'une protection plus effacée. Mlle Pony et sœur Maria sauraient les lui donner...

Le lendemain, Candy s'éveilla de bonne heure. Elle poussa aussitôt les volets de sa chambre : la neige et le gel faisaient une parure somptueuse aux arbres du parc. Dans un instant, elle irait jusqu'au grand cèdre, témoin de ses joies et de ses chagrins d'enfant... Un bruit de traîneau, glissant sur la glace, et le joyeux tintement des clochettes accrochées à l'avant, la tirèrent de sa rêverie.

« Jimmy ! lança Candy en reconnaissant son camarade. Déjà levé ! Quel courage !

– Salut, Candy ! répondit le garçon en fouettant son cheval.

– Attends-moi ! J'arrive ! cria la fillette.

– O.K. ! Dépêche-toi ! »

Prenant un vêtement chaud au passage, Candy se précipita sur la glace, au risque de se rompre les os, tant elle avait hâte de retrouver son ami. A sa grande surprise, elle découvrit un petit bout de nez rose, dépassant d'une couverture sur le banc du traîneau.

« Ça alors ! s'exclama-t-elle. Capucin est plus matinal que moi ! J'ai honte ! Et toi, Jimmy, tu es très courageux pour sortir aussi tôt. Où vas-tu ?

— Chez M. Carthright, le fermier qui habite à l'autre bout du village... Tu te souviens de lui ?

— Bien sûr !

— Il devient vieux ; aussi, chaque matin, je le seconde pour changer la litière de ses vaches et remplir les mangeoires. En échange, il me donne la provision de lait pour le foyer. Cela permet à Mlle Pony de faire quelques économies...

« – Tu es vraiment très courageux, Jimmy ! Moi aussi, j'ai envie d'aider la directrice... Je trouverai bien un moyen !

– Bien sûr ! Mais rien ne presse ! Tu dois avoir besoin de repos ! »

Chemin faisant, les deux amis bavardèrent sans arrêt. Jimmy voulait connaître tous les détails de la vie de Candy au collège. Quant à elle, elle n'avait de cesse de poser questions sur questions sur ce qui s'était passé à la pension durant son absence. Les lettres échangées pendant leur séparation donnaient les nouvelles les plus importantes, et puis, comment Candy aurait-elle pu raconter en quelques pages la foule d'aventures qu'elle vivait ? Jimmy dut chercher longtemps avant de trouver quelque événement d'importance... La vie se déroulait sans histoire, au foyer Pony...

Il trouva pourtant une nouvelle toute récente à annoncer à Candy. Paco, l'enfant accueilli à la pension avant son départ, avait été adopté par M. Mac Donald... Il vivait heureux dans son ranch, parmi ses chevaux... On irait lui rendre visite dans quelques jours... Rayon-de-lune, le fils de Princesse, était un superbe cheval qui faisait l'orgueil de M. Mac Donald et de Paco...

Le soleil était complètement levé, lorsque les deux amis entrèrent dans la cour de la ferme de M. Carthright. Les paillettes de givre accrochées aux branches des arbres scintillaient de mille feux. Comme la campagne est belle, le matin ! se dit Candy en sautant du traîneau. Et elle eut une pensée un peu triste pour ses amies, qu'elle imaginait dans la grisaille des matins londoniens... Stair et Archie, eux aussi, devaient regretter l'immensité des champs de cette région d'Amérique, loin des grandes villes...

Le fermier accueillit Candy avec joie. Il ne savait pas qu'elle était de retour, aussi entraîna-t-il la visiteuse vers la vaste salle commune où brûlait un bon feu de bois, tout en la pressant de questions sur son séjour en Angleterre. Peu à peu, la conversation glissa sur Jimmy... Candy sentit très vite que quelque chose préoccupait le vieil homme. Et elle devina sans mal que son vœu le plus cher serait d'adopter le garçon... Si elle pouvait lui en toucher un mot... Cette prière, formulée avec beaucoup de pudeur par le fermier, émut la jeune fille. Elle promit de parler de ce projet à Jimmy. Au plus vite, même... Sur le chemin du retour...

« Il veut m'adopter ! s'écria le garçon, comme ils retournaient à la pension. J'avoue que cela ne m'aurait pas déplu !

– Pourquoi parles-tu au passé ? s'étonna sa compagne.

– Parce que, maintenant que tu es revenue, je n'ai plus envie de quitter le foyer. Tu as dit toi-même que tu aimerais faire quelque chose pour aider Mlle Pony : à nous deux, nous formerons une bonne équipe ! »

Ce jour-là, Candy jugea bon de ne pas insister. Il fallait laisser cette idée faire son chemin dans l'esprit de Jimmy...

Contre toute attente, l'occasion de constater combien les sentiments de Jimmy envers le vieux fermier étaient forts se présenta très vite. A quelques jours de là, le garçon, l'air inquiet, vint trouver sa camarade au retour de son travail matinal chez M. Carthright. Le fermier était souffrant... Il gardait le lit. Jimmy lui avait bien proposé d'aller chercher le docteur Lénart, au village, mais le patient avait vivement protesté. Il n'avait pas confiance en la médecine... Il était âgé... Normal qu'il tombe malade... La nature, en quelque sorte. Jimmy ne pouvait accepter tant de résignation. Il fallait amener le malade à se laisser soigner.

« Tu as bien fait de m'avertir ! dit Candy. Je vais tout de suite chez M. Carthright... J'arriverai à lui faire entendre raison, ne t'inquiète pas !

– Je me demande s'il t'écoutera ! répliqua le garçon. Il n'a rien voulu savoir ! »

En entrant dans la chambre du malade, Candy devina tout de suite qu'il avait une forte fièvre. Il tourna ses yeux inquiets vers la fillette, et elle lut dans ce regard une interrogation muette. Avec des trésors de patience et de persuasion, Candy parvint à le décider à recevoir des soins. Elle irait chercher le docteur Lénart et, assurait-elle au fermier, il serait vite sur pied...

« Et Jimmy ? Que t'a-t-il dit ? demanda M. Carthright

d'une voix emplie de lassitude. Il ne veut pas, n'est-ce pas ?

– Nous parlerons de cela plus tard, répondit Candy. Pour l'instant, il faut penser à votre santé, monsieur Carthright.

– Tu veux dire qu'il a refusé ? insista le vieil homme. J'aurais dû m'y attendre... Suis-je fou, pour penser que le garçon ait pu souhaiter un père adoptif de mon âge ! Je pourrais être son grand-père ! Enfin, tant pis ! Ma petite Candy, ne te donne pas tout ce mal ! Je n'ai pas envie de voir le médecin...

– Vous n'allez pas recommencer à dire des bêtises !

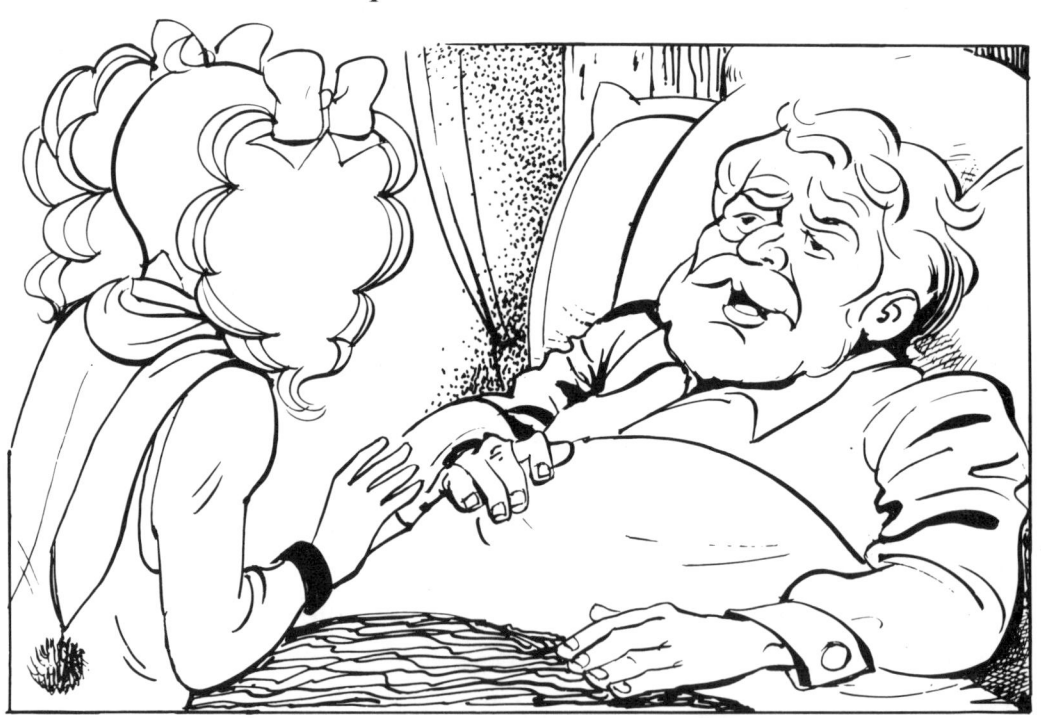

coupa la fillette. Et ne revenez pas sur votre décision ! Vous m'avez promis, il y a un instant, de vous laisser soigner... Je cours au village. A tout à l'heure ! »

Lorsque Candy revint avec le médecin, une surprise la laissa clouée sur place, au seuil de la chambre. Au chevet du malade se tenait Jimmy, et il passait des compresses d'eau fraîche sur le front brûlant du vieil homme avec une infinie tendresse.

Le docteur Lénart donna très vite son diagnostic. Une forte grippe, qui demandait des soins précis, compte tenu de l'âge du patient. Il garderait le lit durant plusieurs jours, et prendrait quelques médicaments : le médecin tira de sa trousse un flacon et une petite boîte et les déposa sur la table de chevet.

« C'est toi, Candy, qui vas veiller sur M. Carthright ? demanda le docteur Lénart.

— S'il le faut, c'est avec plaisir que je le ferai ! répondit-elle.

— Non... commença une voix décidée. A partir de maintenant, c'est moi qui prendrai soin de M. Carthright. Toute ma vie...

— Dans ce cas, murmura Candy, je crois que notre ami sera vite rétabli.

— J'en suis certain », assura le médecin, qui devinait sans doute ce que la décision du garçon signifiait pour le vieil homme.

Sur les joues du malade, burinées par la vie au grand air, une larme roula doucement. Alors, Candy prit le médecin par le bras et l'entraîna vers la porte de la chambre.

L'occasion d'aider Mlle Pony à faire vivre le foyer ne tarda pas à se présenter : Candy en fut ravie. C'était là son souhait le plus cher... En effet, une véritable épidémie de grippe sévissait dans la région, et le docteur Lénart demanda à la directrice si Candy pouvait l'assister dans son travail durant quelques jours. Il lui donnerait, en échange, un peu d'argent. La jeune fille, à qui le médecin avait auparavant parlé de ce projet, attendait avec une impatience difficilement contenue, la permission de l'accompagner.

Mlle Pony, devinant combien ce projet était cher à sa protégée, accepta de bon cœur. Visites à domicile, dans des ranchs perdus dans l'immensité des plaines, consultations au village, les journées étaient bien remplies ! Jamais Candy ne se plaignait, même si elle se sentait écrasée de fatigue, et le docteur Lénart était stupéfait par tant de dévouement et d'efficacité.

« Sais-tu à quoi j'ai pensé ? jeta le médecin, alors qu'ils rentraient d'une visite dans une ferme lointaine, où une ribambelle d'enfants était alitée.

– Non... répondit Candy. Vous voulez dire que je n'ai pas fait ce qui convenait, pour soigner les petits, tout à l'heure ?

– Quelle idée ! lança le médecin en riant. Au contraire, tu t'es très bien débrouillée ! Et ces bambins n'étaient pas commodes !

– Ils avaient peur du médecin ! s'exclama Candy. Normal, à cet âge. Il fallait avant tout les mettre en confiance !

– Et tu as réussi ! Félicitations ! Mais, je reviens à mon idée... J'ai la conviction que tu ferais une excellente infirmière... Il est temps de songer à ton avenir, maintenant.

– Docteur... balbutia Candy, folle de joie. Savez-vous que... que c'est mon rêve... Devenir infirmière ! J'en rêve depuis toujours !

– Mlle Pony a une amie qui dirige une école d'infirmières à New York ; nous lui parlerons de cela, en rentrant ! »

Dès lors commença pour Candy une attente insupportable. La directrice avait écrit à son amie d'enfance, Mlle Mary Jane. Elle lui demandait de bien vouloir accueillir Candy à la rentrée, dans quelques semaines... Lorsque le facteur, le brave M. Mathieu, annonça en entrant dans le parc où jouaient les enfants qu'il avait une lettre de New York, Candy sentit son cœur battre à tout rompre...

« Notre petite Candy va bientôt nous quitter ! jeta la demoiselle après avoir lu la missive. Et elle nous reviendra infirmière... Du moins, je l'espère !

– Vous pouvez en être sûre ! » s'écria Candy en se jetant dans les bras de la directrice.

Pour fêter le départ de Candy, on organisa une petite fête ; le village tout entier y fut convié. Chacun souhaitait bonheur et réussite à la future infirmière. Une route longue, et difficile, s'ouvrait devant la nouvelle élève... Sau-

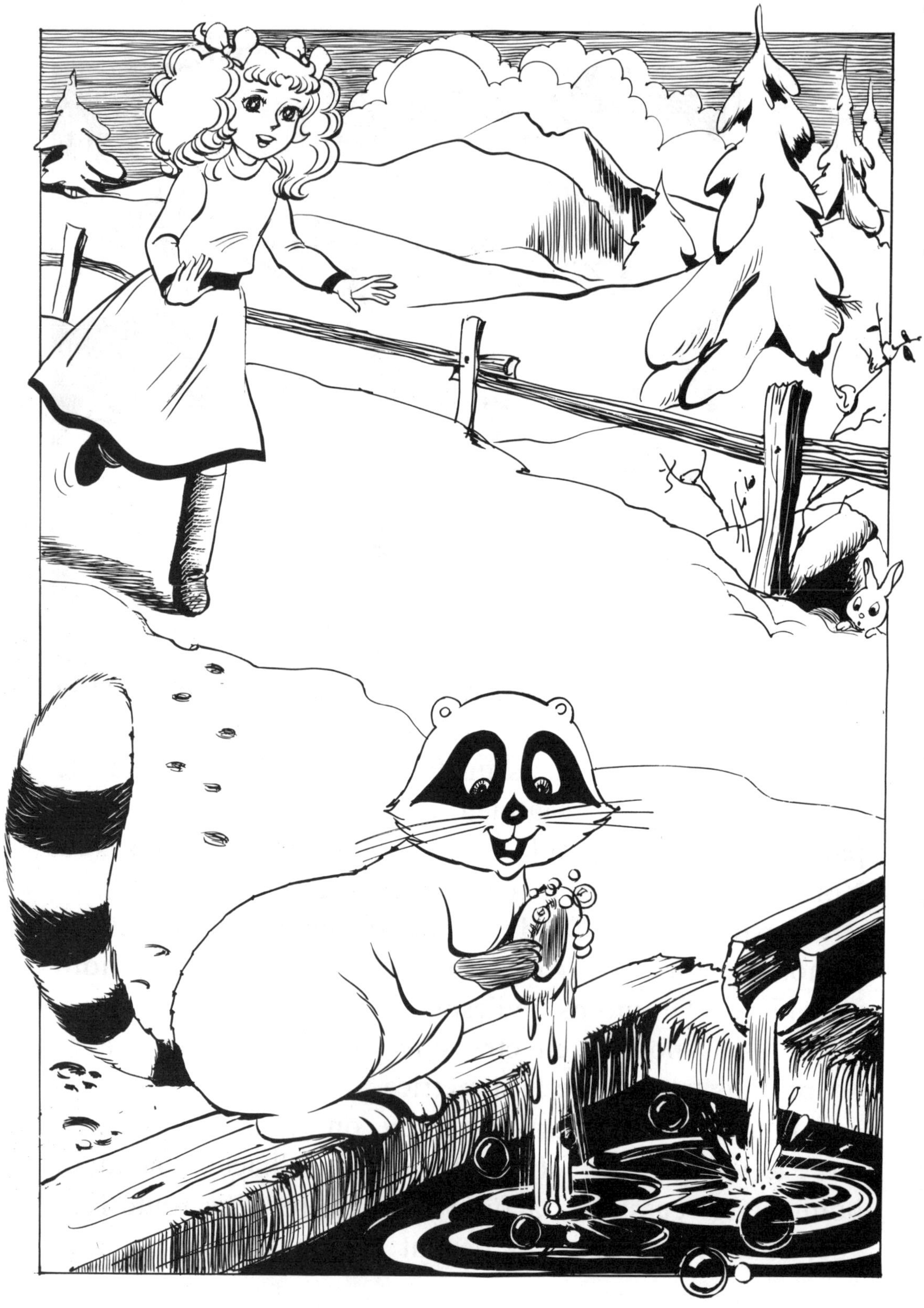

rait-elle vaincre les embûches qu'elle ne manquerait pas d'y rencontrer ?

Une pensée venait la réconforter, lorsqu'elle songeait à son avenir dans cette grande ville inconnue. Là-bas, il y avait Terry...

« Capucin, tu vas être bien sage ! Je ne peux pas t'amener à New York ! Tu y serais certainement malheureux ! Mais je reviendrai bientôt. Promis ! »

CHAPITRE VI

Premier succès

Lorsque Candy ouvrit la porte de son armoire, dans la petite chambre qui lui était réservée, elle resta bouche bée... Un magnifique costume d'infirmière, d'un blanc immaculé, posé sur un cintre... « Son » costume... Sur une étagère, une coiffe...

Le premier moment d'émotion passé, elle revêtit la blouse, posa la coiffe sur ses boucles blondes. Elle eut alors une pensée remplie de tendresse pour Mlle Pony et sœur Maria. Comme elles seraient fières d'elle, si elles la voyaient, à cet instant !

Allons ! Il ne faut pas trop s'attarder devant l'image que renvoie la glace, se dit Candy. Le plus difficile reste à faire ! Ces études exigeaient sans doute beaucoup de travail et de courage...

Refermant la porte derrière elle, la nouvelle élève se rendit aussitôt dans la salle 431. Mlle Mary Jane, la directrice, lui avait donné l'ordre de relever les températures des malades. La tâche ne devait présenter aucune difficulté pour une élève, même débutante. Il suffisait d'inscrire la température de chaque patient sur la feuille accrochée au pied de son lit, avait précisé la demoiselle.

« Ah ! Vous voilà enfin ! s'écria un malade, dès qu'elle entra dans la pièce. Mais... vous êtes toute jeune !

— Je commence mes études, monsieur...

— Vous ne devez donc pas y connaître grand-chose ! soupira le patient. Enfin... Regardez, mademoiselle... J'ai plus de quarante ! C'est beaucoup, non ?

— Oui ! Pourtant, vous n'êtes pas très chaud ! répondit Candy en posant sa main sur le front du malade.

— Vous pensez que je vais mourir ? Il faut faire quelque chose ! Je n'avais plus de fièvre, ce matin... Tout ça n'est pas normal !

— Ne vous affolez pas, monsieur ! Le médecin passera, ce soir, et nous verrons ce qu'il dira...

— Ce soir ! Mais, mademoiselle, d'ici là, j'ai le temps de mourir ! Cela ne semble guère vous préoccuper ! Drôle d'infirmière !

— Et moi, mademoiselle, j'ai quarante et un dixième ! lança son voisin. Vous croyez que cela peut attendre ?

— Quarante et un dixième ! répéta Candy, interdite.

— Moi aussi, j'ai beaucoup de fièvre ! s'écria un troisième patient. Ne restez pas là à ne rien faire ! Je me plaindrai ! On est très mal soigné, dans cet hôpital ! »

Bondissant dans le couloir, Candy, affolée, appela désespérément la surveillante... Le corridor était désert. Aucune infirmière, à l'étage. Une terrible angoisse étouffait la nouvelle élève. Pourvu qu'il n'arrive pas un accident aux patients de la salle 431 !

« Mademoiselle Mary Jane ! Mademoiselle Mary Jane ! appela Candy en dévalant l'escalier qui conduisait au bureau de la directrice.

— En voilà, du tapage ! Vous ignorez que nos malades ont besoin de calme ? fit la demoiselle, le regard dur.

— Il faut appeler un médecin de toute urgence ! cria Candy. Les malades de la 431 ont tous une forte fièvre ! Vite !

— Nous allons voir ça de plus près ! Vous m'étonnez beaucoup ! Ces patients doivent sortir dès demain ! Vous pensez bien que s'il y avait eu le moindre risque, je ne vous aurais pas demandé de vous occuper d'eux ! Une rechute me semble peu probable ! »

Candy emboîta le pas à la directrice et, lorsque celle-ci ouvrit la porte de la salle, un formidable éclat de rire retentit. Il s'agissait d'une farce... Les patients avaient voulu tendre un piège à la nouvelle élève-infirmière ! Un usage courant dans cet hôpital !

Le visage sévère, la directrice demanda un peu de calme et tourna aussitôt les talons. Restée seule au beau milieu de la chambre, Candy se sentait honteuse et confuse de s'être laissé ainsi berner. Enfin, cela lui servirait de leçon ! Elle se montrerait plus vigilante, à l'avenir. Au fond, elle n'en voulait même pas aux malades : ils avaient simplement cherché le moyen de s'amuser un peu !

Elle quitta la chambre et se rendit dans la salle de

garde, au milieu du long corridor qui longeait chaque pièce. Une petite lampe clignota bientôt. On l'appelait, de la salle 340.

« Infirmière ! Eh bien, vous en avez mis, du temps, pour venir !

— J'étais occupée, monsieur...

— Je ne veux pas le savoir ! Vous ne savez pas que vous devez intervenir dès qu'on a besoin de vous ? J'ai soif ! Dépêchez-vous !

— Tout de suite... »

Candy revint bientôt avec un bol empli de thé.

« Qu'est-ce que vous m'apportez ? rugit le malade.

— Du thé, monsieur. Cela vous désaltérera !

— Je n'ai plus soif, maintenant ! J'ai faim !

– Vous m'aviez demandé de vous apporter à boire...
– Et bien, j'ai changé d'avis ! »

Les quelques gâteaux secs qu'elle offrit au patient n'eurent guère plus de succès... Décidément, il était bien compliqué !

« Petite gourde ! gronda-t-il, en tournant le dos à Candy. On ne vous a pas dit que, lorsqu'un malade a soif et faim à la fois, ce sont des fruits qu'il faut lui apporter ? L'évidence même !

– Bien, monsieur ! Je n'oublierai pas ! »

Fort heureusement, tous les malades n'étaient pas aussi exigeants. Il y avait de gentilles grand-mères pleines d'humour, qui aimaient raconter à la nouvelle infirmière mille histoires amusantes. Leurs enfants, leurs animaux, leur maison, tout ce qui leur était cher donnait lieu à maintes conversations. Candy les écoutait avec patience et savait aussi réconforter les malades inquiètes. Les enfants alités l'apprécièrent très vite, eux aussi. Il lui semblait parfois retrouver les bambins de la pension Pony, lorsqu'elle restait à leur chevet pour leur tenir compagnie. Elle acquit bientôt le tact et la fermeté nécessaires pour ramener à la raison les plus difficiles.

A quelques semaines de son arrivée, Candy apprit par une de ses camarades que la directrice l'attendait dans son bureau. Qu'allait-il se passer ? Avait-elle commis une erreur ? Les malades s'étaient-ils plaints ?

Toutes ces pensées se bousculaient dans son esprit, et c'est avec beaucoup de crainte qu'elle frappa à la porte du bureau de la demoiselle.

« Je voulais vous féliciter ! Je suis très contente de vous ! Mon amie avait bien raison, en m'assurant que vous deviendrez une excellente infirmière !

– Mais... Je...

– Depuis que vous vous occupez de lui, le 340 va beaucoup mieux, lui aussi ! Votre bavardage, votre ténacité lui ont en quelque sorte redonné goût à la vie ! Jour après jour, il devient plus sociable, et fait même des projets... Jusqu'ici, nous avions l'impression qu'il se laissait mourir... Rien ne l'intéressait !

– Je vous remercie, mademoiselle. Il m'a promis de me montrer la maison où il vivait, avant sa maladie. Dès qu'il sera sorti, il m'invitera... Il possède un chien, et il a hâte de le revoir...

– A propos, vous avez du courrier, dit la directrice. Une lettre de Londres.

– Mes camarades du collège Saint-Paul ! Comme je suis contente !

– Reprenez votre service ! Vous lirez votre courrier plus tard ! »

Lorsque Candy put enfin regagner sa chambre, elle déchira l'enveloppe d'un geste fébrile. Et elle lut et relut les pages qu'elle contenait. Annie annonçait qu'elle rentrait bientôt aux États-Unis. Archie et Stair l'accompagneraient... Si tout se passait comme prévu, les quatre amis se

retrouveraient sous peu. Dès leur arrivée, ils se promettaient de rendre visite à Candy. La lettre contenait une autre bonne nouvelle. Et les lignes qui l'annonçaient, Candy ne parvenait pas à les quitter des yeux... Annie avait communiqué son adresse à Terry. D'un jour à l'autre, elle recevrait sans doute une lettre. Le garçon se trouvait à Chicago. Il suivait des cours d'art dramatique...

Dès lors commença pour Candy une attente qui aurait été insupportable si ses cours et ses malades ne l'avaient autant occupée. Une attente qui lui parut fort longue : en réalité, dès le surlendemain, la lettre qu'elle souhaitait arriva. Terry y racontait ce qui s'était passé depuis le départ de Candy. Il avait réussi à réaliser son rêve le plus cher. Il viendrait, dès que possible, faire une visite à Candy...

Un matin, le portier de l'hôpital vint chercher la jeune élève. On la demandait à l'entrée... Son cœur lui faisait mal, tant il battait fort dans sa poitrine. Dès qu'elle l'aperçut, Annie accourut vers son amie retrouvée ; Stair et Archie, un sourire malicieux aux lèvres, s'écartèrent pour laisser passer Terry.

Cette fois, tous les amis étaient réunis. Rien ne pourrait jamais les séparer.

***

A quelques semaines de là, une rutilante voiture de sport s'arrêta devant le perron de la pension Pony. Un joyeux tintamarre accueillit les visiteurs. Cris, exclamations et embrassades faisaient un beau tapage ! Candy réussit enfin à échapper aux « petits » qui l'assaillaient de tous côtés et courut vers Mlle Pony et sœur Maria en entraînant Terry.

« Mademoiselle... Sœur Maria... réussit à dire la jeune fille, la voix brisée par l'émotion. J'ai une bonne nouvelle à vous apprendre ! Je suis reçue à l'examen de fin de stage qui terminait la première partie des cours !

— Toutes mes félicitations ! Mon amie est très contente de toi ! Elle me l'a écrit récemment ! dit la directrice.

— Ma petite Candy ! Comme je suis fière de toi ! lança sœur Maria.

— Mais... Pourquoi ne t'es-tu pas habillée en infirmière ? demanda une fillette en levant de grands yeux étonnés vers Candy.

— Voyons, Nessie ! Les infirmières ne portent leur costume que lorsqu'elles travaillent, remarqua la directrice.

— Plus tard, j'aimerais devenir infirmière... murmura la fillette.

— Je suis sûre que tu y parviendras ! assura Candy en l'embrassant. Si tu le veux vraiment... Quant à Terry, poursuivit-elle, il a passé avec succès les auditions nécessaires pour obtenir une grand rôle ! Dans *Roméo et Juliette* !

— Vous deviendrez certainement un acteur célèbre, monsieur Grandchester ! » dit la demoiselle.

Un goûter rassembla bientôt pensionnaires et invités

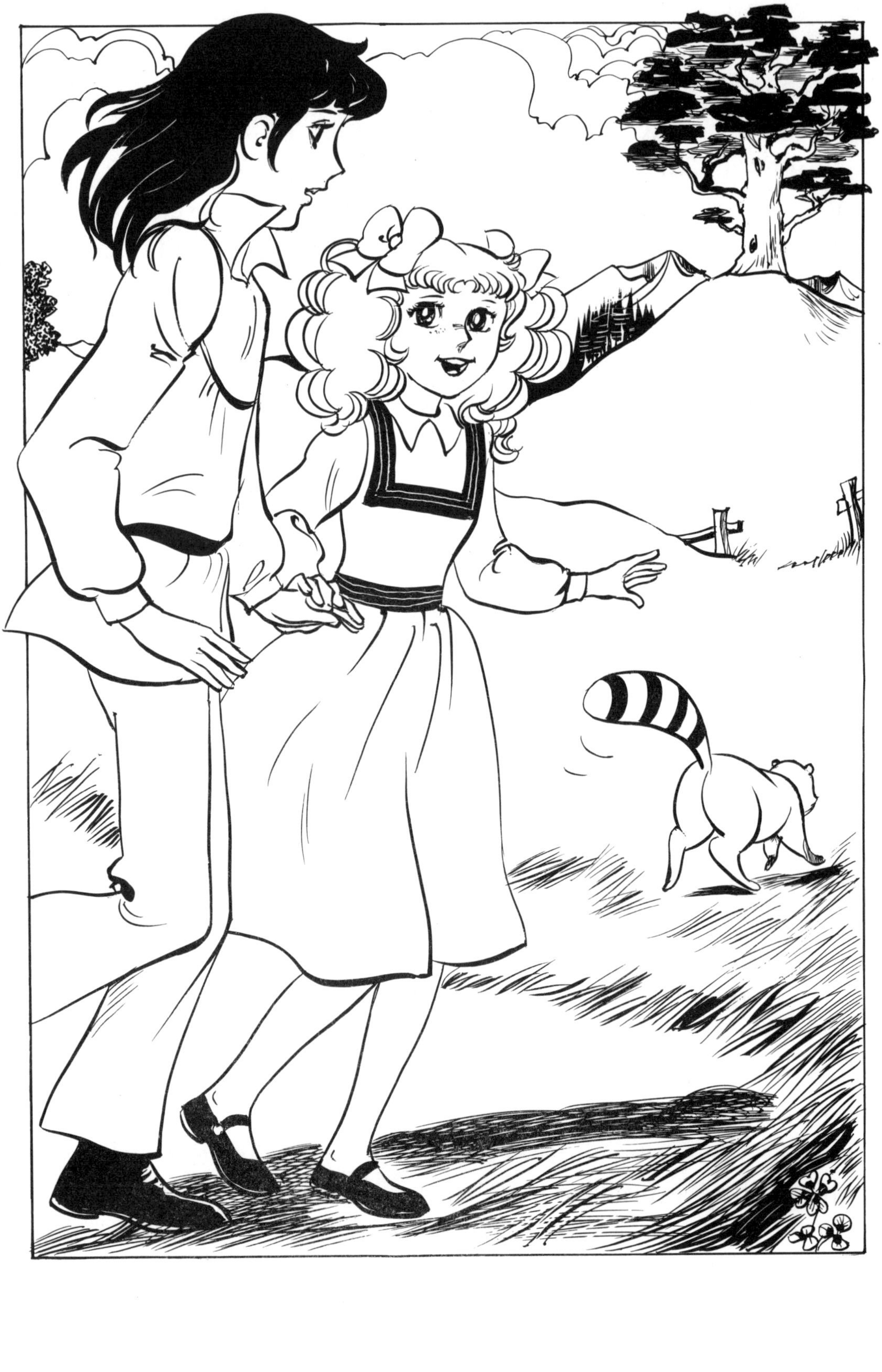

dans la salle à manger. Candy retrouvait avec ravissement tous ses souvenirs d'enfance... Les fentes du plafond qu'elle aimait transformer, dans son imagination, en chemins conduisant vers de mystérieux pays, les carreaux disjoints du sol, les tables aux nappes fraîches... Pussy et Capucin, devenus les meilleurs amis du monde étaient, bien entendu, de la fête. Paco et Stair devisaient comme s'ils s'étaient toujours connus. Archie écoutait Tom et Jimmy lui parler des joies de la vie à la campagne. Il y avait beaucoup à parier que le garçon avait grande envie de connaître les ranchs où ses nouveaux camarades grandissaient, en pleine nature...

Un télégramme arriva au beau milieu du plantureux goûter. Cooky félicitait Candy et Terry pour leurs succès. Il regrettait de ne pouvoir se joindre à eux pour cette fête : le navire sur lequel il avait trouvé un poste appareillait le jour même pour l'Afrique... Comme dans les contes de fées – ou les belles histoires – chacun avait trouvé le bonheur. Candy y était sûrement pour quelque chose...

Le repas terminé, Capucin se précipita au-dehors en poussant de petits cris. Candy devina que son confident avait une idée en tête... Annie les regarda s'éloigner avec Terry, tandis que Pussy sautait sur ses genoux.

De temps en temps, Capucin se retournait pour s'assurer que les deux jeunes gens le suivaient. Candy avait bien compris ce que son compagnon de jeu voulait... Une fois parvenu au pied du grand cèdre, il se retourna une dernière fois, et son petit bout de nez rose frémit... En un bond, il fut dans l'arbre. Hop ! En haut ! Candy saurait-elle grimper dans l'arbre géant aussi vite qu'autrefois ? semblait se demander le raton laveur...

Un cri de joie salua l'arrivée de sa maîtresse : Capucin était rassuré ! Elle savait toujours grimper aux arbres ! Installé sur ses genoux, il contemplait d'un œil goguenard Terry, le garçon maladroit qui essayait de les rejoindre.

TABLE

I.	– CANDY FLEUR-DE-NEIGE	9
II.	– DE NOUVEAUX AMIS	31
III.	– UNE CURIEUSE FAMILLE	57
IV.	– QU'ELLE EST LOIN, L'AMÉRIQUE !	95
V.	– CANDY EST REVENUE	121
VI.	– PREMIER SUCCÈS	139

Imprimé en France par Brodard Graphique. Coulommiers.
N° d'Imprimeur : KB/6266/2
Dépôt légal n° 7414 - Octobre 1983
20.09.6832.01
I.S.B.N. 2.01.009503.0
Loi n° 49-956 du 16 juillet 1949 sur les publications
destinées à la jeunesse - Dépôt : Octobre 1983

20.6832.8
83.10